U0782501

J
传媒集刊

外国语言文化传播研究

Foreign 第 一 辑
Language and
Cultural
Communication

李佐文／主编　严　玲／副主编

中国传媒大学出版社
·北京·

图书在版编目（CIP）数据

外国语言文化传播研究.第一辑/李佐文主编.－北京：中国传媒大学出版社,2018.5
（传媒集刊）
ISBN978-7-5657-2345-2

Ⅰ.①外…　Ⅱ.①李…　Ⅲ.①外国文学－文学研究 ②语言学－传播学－研究－
国外　Ⅳ.①I106 ②H0－05

中国版本图书馆 CIP 数据核字（2018）第 136288 号

外国语言文化传播研究（第一辑）
WAIGUO YUYAN WENHUA CHUANBO YANJIU(DI-YI JI)

主　　编	李佐文
副 主 编	严　玲
策划编辑	王雁来
责任编辑	赖红林
特约编辑	陈　默
装帧设计	拓美设计
责任印制	曹　辉

出版发行　中国传媒大学出版社
社　　址　北京市朝阳区定福庄东街 1 号　　邮编：100024
电　　话　010-65450532 或 65450528　　传真：010-65779405
网　　址　http://www.cucp.com.cn
经　　销　全国新华书店
印　　刷　北京玺诚印务有限公司
开　　本　787mm×1092mm　1/16
印　　张　12.75
字　　数　190 千字
版　　次　2018 年 7 月第 1 版　2018 年 7 月第 1 次印刷
书　　号　ISBN 978-7-5657-2345-2/I · 2345　定价：58.00 元

序

　　本书是中国传媒大学外国语学院 2015 级硕士研究生的学术论文集。中传外院的外国语言文学硕士生培养可谓老树发新枝。言其老树，乃因外国语学院是中国传媒大学的元老级学院，为我国传播类外语人才的培养作出过杰出贡献。言其新枝，则是因为外国语言文学硕士点的招生开始于 2012 年，到 2018 年才刚刚迈入第六个年头。六年对于一个学位点的建设而言，并不算长。客观理性地说，我们的学位点尚处于发展起步阶段。在这六年中，外院人秉持着"国际视野、语言为本、理实并重"的办学理念，积极探索、努力创新，寻找具有自身特色的办学之路，逐步确立了"精语言、懂传媒、通文化"的人才培养目标。为了激励学生投身于外国语言文学的科研之中，营造人人参与的浓厚学术研究氛围，学院特为 2015 级研究生出版这本学术纪念册。

　　本书所有论文都是经过学生认真研究、反复修改而成的精心之作。也许从理论水平和研究深度来看略显青涩，但是蹒跚迈出的第一步永远值得纪念与回味。其中闪烁的无拘无束的智慧火花，是这本论文集最为可贵之处。研究生阶段，是一个人的科研生涯中思维最活跃、学习时间最集中、研究最专注的时期，是产生创新性成果的最佳时期。在这本论文集中，也能发现那星星点点的智慧之光。

　　论文集包含三个部分，分别是"外国文学作品阐释与评说""影视剧翻译理论与技巧""国际传播语言与文化"。下面分别介绍各部分的主要内容。

第一部分"外国文学作品阐释与评说"中的论文,主要运用语言学、美学、修辞学等理论对文学作品中的人物进行分析。蒋睿烙从悲剧美学角度分析了莎士比亚创造的理查三世形象,从而突出理查三世的悲剧感与崇高感。田晓婵分析日本"物哀"在影片《情书》中的美学体现,从影片的细节中发现日本独有的温情含蓄的抒情风格和传统的物哀美学。李冉选取《黛西·米勒》的部分段落,分析亨利·詹姆斯如何通过修辞与心理描写来描绘男主人公温特博恩的心理、刻画女主人公黛西的形象。黎源分析了深受日本年轻人喜爱的作家太宰治的作品风格,认为作家及其作品均可用"纯粹"来形容。太宰治一生随性自在地做人的"纯粹"、文学颓废风格和作品堕落主题的一致性,都支撑了这一结论。王蝶对莎士比亚《暴风雨》中的主要角色进行了后殖民主义解读,指出作品中那些欧洲人与爱丽儿、凯列班的关系实际上是殖民者与被殖民者的关系,揭示了伊丽莎白时期英国殖民者对殖民地人民的掠夺和侵占。张润利根据读者反映批评理论,探究《白鲸》在不同时代的读者接受状态,并指出一部作品只有通过读者的解读,其意义才能真正实现。周丹丹认为歌德作品《少年维特之烦恼》中阿尔伯特与维特的性格对比就是"冰与火之歌",同时分析二人性格背后的社会环境因素,并引发对于婚姻观的思考。徐佳雯从女性主义文学批评视角解读《睡谷传说》中的女性形象卡翠娜,认为欧文对女性形象的塑造似乎没有跳出"恶魔天使"的套路,这反映出欧文作品中浓厚的男性话语权意识。

第二部分"影视剧翻译理论与技巧"中的论文,主要运用各种语言学和翻译理论对具体影视作品的翻译技巧进行评析。刘姗姗探讨了国际文化交流大背景下影视剧翻译的基本原则,认为"语言生活化"是首要原则,并利用具体影视剧翻译的实例,分析了"邻居谈话法"的应用。张文莹以姚斯的接受理论为视角,从期待视野的悖离与融合两个层面,分析不同时期读者期待视野的转变,进一步探究庞德英译《长干行》的接受状况。朱堃运用语言顺应理论解释《疯狂动物城》的翻译和配音,分析该片的译配如何取得了"异口同声""言如其人""脱胎换骨"的效果。张蕾以英剧《神探夏洛克》的英译汉字幕为例,从多模态维度、语义维度、文化缺省维度探讨如何重构字幕翻译中的话语连贯,发现译者通过语言外符号、隐性表达显性化、隐喻、语用等效替代等手段重现源话语的语用连贯。苏湘宁以符号学中"含蓄意指——自然化机制""元语言——普遍化机制"为依托,对酒类、食品、香水等领域的中法广告进行对比研究,揭示了两国广告策略的异同。范婉丽从《百万美元宝贝》的翻译中得到启示,分析文化主题在影视剧翻译中对词语选择、语气表达、语速、节奏等多方面的指导作用。

论文集第三部分"国际传播语言与文化"包括各国媒体的国际传播语言策略、跨文化交际、二语习得等内容。秦飞勇从语言经济性的角度出发,探索英语网络新闻标题的用词及语法特点。张银檬就日本"朝日新闻"对"一带一路"倡议的相关报道进行研究,从内容分布、报道时间、新闻相关国家、态度评估四个维度,分析"朝日新闻"在对"一带一路"倡议进行报道时的报道策略与特点。汤媛竹分析马航MH370客机失踪事件的报道,考察报道过程中中国媒体与外国媒体展现的不同报道方式,从两者比较中分析出中国媒体在马航事件报道中具有的优势和存在的问题。王君莲分析日本AKB48美少女组合的成功与现代日本人心理诉求的关系,指出在整个社会缺少积极向上氛围的情况下,形象过于完美的艺人反而会给人留下高不可攀的印象,即高"偏差值精英"无用,而处于五六名的亚精英更符合大众需求。王嘉煜利用肯尼斯·伯克的"戏剧五位一体"理论,研究习近平主席在英国国会演讲时的修辞动机。同时,运用"同一"理论分析习主席是如何将其动机传递给听众,使他们与其达成共识的。薛凯丽从佛教的无常观、生死观两方面探求中日佛教的差异。王婧怡研究儿童语言习得的影响因素,指出儿童习得语言时,通常有模仿、替换、扩展、联结四种方式。在这一过程中,儿童自身的语言中枢、思维、智力等内部因素,以及语言输入、语言观念、文化符号、家庭文化、地域文化、性别文化、民族文化等外部因素,交织着发挥作用。李沅原利用肯尼斯·伯克的"认同说"对经典唇膏广告进行分析,解析广告制作者是通过何种方式获得受众认同、促成受众的购买行为的。

　　本论文集的内容涉及外国语言文学学科下的各个专业,研究中选取的案例较新,反映出年轻人的研究兴趣,可以为同专业的其他研究生进行相关研究提供很好的借鉴。在论文集的出版过程中,中国传媒大学出版社的编辑严谨认真、一丝不苟地审阅全书,为提升本书的出版质量尽心尽力,在此表示感谢。

　　本书涵盖的研究尚处于探索和发展阶段,各位作者都是外国语言文学研究队伍的新人,难免存在不成熟和有待完善的地方,敬请各位读者批评指正。

李佐文

2017 年 12 月 10 日

══ 目　录 ══

外国文学作品阐释与评说

影视剧翻译理论与技巧

国际传播语言与文化

外国语言文化传播研究（第一辑）

外国文学作品阐释与评说

从悲剧美学角度简析莎翁笔下的理查三世

◈　蒋睿焓

引　言

作为英国文坛上一位举足轻重的诗人和剧作家,威廉·莎士比亚在其文学生涯中一共创作了38部戏剧、154首十四行诗以及2首长诗,为后人留下了众多可供研究的题材与话题。在莎士比亚的众多作品中,最负盛名的当属他的悲剧和喜剧了,相比之下,他的一系列历史剧的流传度远不及他的其他题材的作品。莎士比亚根据英国历史,在其历史剧中描述了从约翰王到亨利八世期间的一系列故事,而这些作品无论是在文学领域还是在历史学领域都是很值得深入研究的。

1.莎翁笔下的理查三世简介

《理查三世》是莎翁笔下最长的一部历史剧,它描述了理查三世的短暂统治及其一生。理查的形象首次出现在莎士比亚的历史剧《亨利六世》中。理查聪明、勇敢,帮助父亲和兄弟夺下了王位,但他这样做完全是为了日后自己加冕称王。在《理查三世》中,理查面目丑陋,还虚伪、狡诈,成功篡位后,在位期间一直是个心狠手辣的暴君。国王爱德华四世死后,他的两个儿子自然成了王位的合法继承人,为了得到王位,理查设计谋杀了他的兄弟克拉伦斯公爵,还毫不留情地将自己的两个亲侄子灭了口。清除完挡在他称王路上的所有障碍后,理查还在市民面前演了一出戏来证明自己才是最完美、最合适的王位继承者。不仅如此,多疑的他还谋杀了曾帮助他夺得王位的公爵。理查的残暴成性注定了他将有一个悲惨的结局。在短暂的统治后,他在战场上被李治蒙,即后来的国王亨利七世所杀,玫瑰战争也宣告结束。

莱辛(1981)曾说过:"理查是个可恶的坏蛋,但是他引起我们厌恶的同时,也不是没有给我们带来娱乐⋯⋯甚至犯罪当中的不可思议的事情,也掺杂着在我们心里引起伟大与勇敢的感情。"从传统意义上来说,理查这一人物在《理查三世》中就是一个人人憎恨鄙夷的典型暴君形象,但是从另一方面来说,《理查三世》又不仅仅是一出历史剧,它也可以被看作一出悲剧。读者在阅读的时候可以感觉到莎士比亚对理查三世的怜悯以及理查三世这个人物的悲哀和崇高。在下文中笔者将进一步进行阐述论证。

2.悲剧美学简介

悲剧起源于古希腊,被视为文学形式和美学的最高层面。系统研究悲剧的第一人当属古希腊哲学家亚里士多德。在他的《诗学》(2011)中,他将悲剧定义为"对一个严肃、完整、有一定长度的行动的摹仿,它的媒介是经过'装饰'的语言,以不同的形式分别被用于剧的不同部分,它的摹仿方式是借助人物的行为,而不是叙述,通过引发怜悯和恐惧使这些情感得到疏泄"。这一定义对后世学者的研究,例如黑格尔、叔本华和尼采的悲剧理论研究,产生了深远的影响。现如今,当人们谈论悲剧美学时经常提及的正是亚里士多德提出的"怜悯"和"恐惧"。

在朱光潜(1985)看来,"悲剧感是崇高感的一种形式。但是这两者又并不是同时并存的:悲剧感总是崇高感,但崇高感并不一定是悲剧感。那么,使悲剧感区别于其他形式崇高感的独特属性又是什么呢? 就是怜悯的感情"。也就是说,所有的悲剧人物,由于观众的怜悯,从某种特殊的角度来说都是崇高的。笔者很认同朱光潜的这一观点,但同时,笔者也认为正是怜悯将悲剧感和崇高感联系在了一起,因为读者产生了怜悯,才有了悲剧人物具有崇高感的想法。因此,下文中,作者将从对理查三世的怜悯来分析理查三世这一人物的悲剧感和崇高感。

3.对莎翁笔下的理查三世的怜悯

在亚里士多德看来,悲剧人物应该是高于一般人的,必须是享有盛名的境遇好的人。基于这一观点,朱光潜(1985)认为"悲剧人物还往往是一个非凡的人物,无论善恶都超出一般水平,他的激情和意志都具有一种可怕的力量"。这一观点与邱紫华先生的观点不谋而合,邱紫华(2000)曾说:"美学悲剧性主要是指主体以自己为中心,在个体意识的驱动下,面对自己生命的苦难或毁灭,面对自己'意识和欲望超出自己的能力'的绝境以及自己动机与行为结果的悖反的反因果境遇时的人生态度。"从这一方面来看,理查三世很符合悲剧人物的特征。他是一个邪恶至极的暴君,但同时他也拥有伟大抱负和激情。在面对生命中的种种不幸时,他没有选择逃避,而是勇敢地做自己并不断超越自己,甚至在身后空无一人的时候跟全世界斗争,这需要何等的意志才能做到。尽管如此,他的一生仍然具有浓厚的悲剧色彩。除了篡位这一举动成功了,他在爱情里以及君臣关系里都是个彻头彻尾的失败者。

3.1 母爱的缺失

尽管在《理查三世》中有好几位约克家族的成员,但约克公爵夫人的性格仍然十分突出。她从不吝于表现出对理查的厌恶,甚至以理查这个儿子为耻辱。当克拉伦斯和爱德华都逝去后,她说:"我也曾哭过我的亡夫,望着他遗留下来的几个影子而偷生于世;可是现在映出他的英勇面貌的两面镜子被恶毒的死亡之神打得粉碎,现在只剩下一面丑陋的镜子来安慰我,在他身上看着我的耻辱的时候只好暗自伤心。"(2002)对于当时的约克公爵夫人来说,理查是她在世上唯一的儿子了,但她对他毫无爱意。自己的母亲一直沉浸于失去两个至亲至爱的儿子的悲痛中,却不珍惜活着的自己,抛开道德因素,这对理查来说是一件很残忍的事,让人对他心生怜意。

当理查加冕称王时,约克公爵夫人不仅不为他感到高兴骄傲,反而觉得这是耻辱,她说:"啊! 我的可恨的肚皮,简直是死神的寝床,你给世界孵育出了一条怪蛇,它的令人无所逃避的眼睛是能杀死人的!"(2002)如果再给她一次重来的机会,她一定不会选择生下理查。"你来到人间,把人间变成我的地狱。你的出生对于我是苦痛的负担;你在孩时就暴躁不乖;上了学变成了可怕的放肆而狂野;初成年时,大胆冒险,无所不为;长成之后,骄纵,狡诈,而且凶残,表面上和蔼,实际上更会害人,寓慈祥于嫉恨之中:你能指出和你在一起的时候有什么时间曾给我以安慰吗?"(2002)公爵夫人用了很多贬义词来描述理查,可见她有多么憎恨他。她不愿分享他称王的幸福和快乐,而且在他上战场之前,她没有像其他母亲一样给予儿子勇气及支持,甚至站在他的敌对方来诅咒他。从这一点看,当儿子的一定会失望的。

3.2 真爱的缺失

理查认为正是因为他有残疾,所以他注定遇不到真爱。既然他不可能去爱人或者被爱,还不如让别人认为自己是个恶棍。尽管理查杀了安夫人的丈夫爱德华王子以及她的公公国王亨利六世,但他还是想方设法哄骗安夫人嫁给了他。一般说来,妻子是会无条件支持丈夫,并为丈夫的成功而感到骄傲的,但是当知道理查即将继承王位的时候,安夫人一点也不为他高兴或者骄傲。她宁愿选择死,也不愿意加冕成为理查三世的王后。

"看! 还没来得及把这诅咒复说一遍,在这样短短的时间之内,我的妇人之心竟愚蠢地变成了他的甜言蜜语的俘虏,成了我自己心里发出的诅咒的对象:这件事一直使我睁着大眼不得休息;在他的床上我从来没有享受过一小时的睡眠的甘露,总是被他的噩梦所惊醒。还有,他为了我的父亲瓦利克而恨我,无疑不久也要把我铲除。"(2002)安的预感是非常准的。理查在听到道尔赛侯爵已经投奔李治蒙的消息后,心烦意乱,让凯次比对外发布谣言说他的妻子安病得很重,将不久于人世。安虽然被哄骗得嫁给了他,但十分讨厌他,当然,他可能也不爱安。当他的王位受到威胁时,他立马决定将安给杀掉。"我必须和我哥哥的女儿结婚,否则我的王国基础薄弱。杀她的兄弟们,然后娶她! 这不是可靠的好办法! 不过这血腥的事,我已涉入太

深，一桩罪恶会引出另一桩罪恶：我这只眼里没有坠泪的恻隐之心。"(2002)

爱和婚姻对理查来说不过是夺得王位和保住王位的工具，除此之外，毫无意义。他对待爱的态度不真诚，所以安不会真爱他，年轻的伊丽莎白也绝不会因为爱而嫁给他。坐拥一整个王国却得不到真爱真是一种悲哀。不管他多么能言善辩，他也只能欺骗安一时而不是一世，因为在他们所谓的婚姻的外衣下并没有真爱的存在。如果一个人拥有成功的事业和美满的婚姻，那么这个人的结局就可能很完满。理查当上了国王，可以算是成功了，但是他的统治时间很短暂；他也拥有看似完美的婚姻，但事实上他的婚姻是不幸的，所以他在真爱面前也是悲哀的、值得同情的。

3.3 臣子的背叛

在理查夺得王位的路上，白金安公爵是个举足轻重的人物。当理查准备篡位的时候，他十分信赖白金安公爵，把他当作另一个自己，和他推心置腹。白金安公爵曾和理查合谋将爱德华的儿子，也就是王位的合法继承人囚禁起来；他还派凯次比去试探凯斯丁斯勋爵是否支持理查继承王位；在最后关头也配合理查在市民面前演戏以证明理查是最合适的王位继承人。尽管如此，他还是背叛了理查。因为理查不愿意兑现曾经所说的加官晋爵、赏赐房产的承诺，所以白金安便背叛了理查，还纠集了一帮人来对抗理查。曾经跟你并肩作战、非常亲密的人，突然有一天在全世界都针对你的时候背叛了你，跟其他人站在一起反过来针对你，这对于每个人来说都是很难接受的。那个时候理查一定感到异常孤独，但他还是不得不坚强起来面对自己的敌人。

斯坦雷勋爵是另一个在理查继承王位前后都给予了他很多帮助的人。当曾经的格劳斯特公爵摇身一变成为国王理查三世后，他变得多疑且神经质。他很不安，担心他的属下会背叛他，也担心他的敌人会杀掉他以篡取王位。因为斯坦雷勋爵娶了李治蒙的母亲，所以当李治蒙率领军队向英国进发的消息传到理查那里后，他就开始怀疑斯坦雷会背叛他，会和李治蒙勾结、串通起来夺取他的王位。因此，当他让斯坦雷去集结队伍的时候，把斯坦雷的儿子留下做人质了。一方面，斯坦雷再三向理查保证他没有犯过错，他也绝对不会犯错。另一方面,他与李治蒙达成了一个协议,在双方交战前他还向李治蒙的军队通风报信。他向李治蒙承诺:"我呢,凡是我可以做到的——我愿做的倒不见得能做到——我必利用一切机会蒙骗世人,在这胜负难判的激战之中给你援助。"(2002)在双方交战最激烈的时候,也是理查最需要斯坦雷带兵支援的时候,他并没有像承诺的那样率兵救援。最终,理查战败,死在了战场上。尽管理查曾说他怀疑斯坦雷会造反,他也确实扣押了斯坦雷的儿子当人质,但是其实理查内心还是愿意相信斯坦雷,愿意再给他一次机会的,否则他早就处死了斯坦雷和他的儿子。斯坦雷辜负了理查对他的信任,没有遵守他们之间的承诺,这也直接导致了理查的死亡。

事实上,不管是从道德角度还是现实角度看,理查都是个残暴、冷酷无情的人,不值得任何人同情和怜悯。尽管如此,他还是在孤立无援、少有人支持的情况下完成了自己的目标,从这一角度来看,他也算得上是成功的。他从小到大都没有感受到母爱;他从来没有真正赢得过安的芳心;他曾经信任过的人也都一一背叛了他。这些生命中不能承受的痛都没有击垮他,他仍然坚持不懈、英勇顽强地去面对一切艰难险阻,这正是他崇高的体现。像朱光潜(1985)说的,"作为一种美的形式,可以说崇高恰恰是怜悯的对立面。悲剧的奇迹就在于能够将这两个对立面结合在一起"。理查三世正是悲剧感和崇高感的结合体,他的崇高感在他的悲剧感和读者对他的怜悯中产生。对于一个读者来说,如果没有怜悯之心,也许就永远体会不到理查的崇高。只有当读者置身于理查的位置才能体会到审美同情而不是道德同情,才能真正感受到理查的崇高。

结　语

总体看来,莎士比亚笔下的理查三世的性格是复杂的。他不单纯是一个恶毒、可恶的暴君或者坚持不懈、永不放弃的战士。他既令人厌恶也惹人怜悯。他既具有悲剧感,同时也具有崇高感。杨晓莲和彭熙(2009:118)认为,"理查三世在厄运面前没有退缩,而是大胆地追求、勇敢地获取、顽强地抗争、坚毅地行动,这样就实现了对自我的超越,从而显示出超常的生命价值和崇高的价值"。就笔者看来的确如此,只要读者从悲剧美学的角度而不是道德角度来看待理查,就会对他产生审美同情,就会感受到这一复杂人物的悲剧感和崇高感,从而认识一个新的理查三世。

参考文献

ARISTOTLE. Poetics〔M〕. BUTCHER S H, Trans. Connecticut: Martino Fine Books,2011.

莱辛.汉堡剧评〔M〕.上海:上海译文出版社,1981.

邱紫华.悲剧精神与民族意识〔M〕.武汉:华中师范大学出版社,2000.

莎士比亚.理查三世〔M〕.梁实秋,译.北京:中国广播电视出版社,2002.

杨晓莲,彭熙.论理查三世的美学价值〔J〕.重庆工学院学报,2009(6).

朱光潜.悲剧心理学〔M〕.北京:人民文学出版社,1985.

日本"物哀"在《情书》中的美学体现

◆ 田晓婵

引 言

《情书》是岩井俊二的成名之作,作为日本著名编剧、导演、制片人,他曾获得过第 6 届上海国际电影节评委会特别奖;第 46 届柏林国际电影节《柏林报》评审团奖。岩井俊二毕业于横滨国立大学的油画系,早期的美学意识培养也对他后来的创作产生了巨大的影响;大学毕业以后一直从事 MTV、电视剧、广告片的拍摄工作,为创作《情书》积累了丰富的经验。其执导的《情书》以清新脱俗、细腻感人的故事和明快唯美的影像征服了很多观众,在国际上引起了巨大的反响,也促使大家开始关注日本的传统美学。与他同时代的导演,有的张扬反叛,有的个性鲜明,而他是温婉的,同时也是日本传统的守护者。我们经常可以在他的影视作品中感受到独具日本特色的温情以及含蓄内敛的抒发感情的方式,另外还可以看到例如樱花、大海、山等表达日本传统审美文化的意象。然而,若是将他与大岛渚、黑泽明等导演比较的话,他的片子又是前卫时尚的。岩井俊二比较擅长将日本的传统美学和现代意识结合在一起(章慧霞,2002;5)。作为以守护日本传统著称的电影导演,岩井俊二的影视作品以及文字也体现着日本传统的"物哀"美学。

1.日本传统意识中的"物哀"美学

"物哀"是日本独有的美学观念,最早出现于日本古代的歌谣,指的是各种情绪和感情所发出的感叹之音,此后引申为表达共同的感情,随后表达优美细腻的怜爱之情(黄卓越、叶千芳,1992:393)。东方传统思想中,人与自然是和谐共生的,物我同感,人与自然是有相通之处的,即所谓的心由境造、境由心生;强调天人合一,人的所思所感都是自然的映射,大地、山川、河流以及樱花、树木也被寄予情思。人类的主观感情与本来没有生命体征的自然之物相结合后再次创造,达到了一种微妙的物我同感的境界(尤忠民,2004:6)。"物哀"可以说是日本的传统美学,渗透在每个日本人的灵魂深处。日本的"物哀"观念是日本传统美学意识中的重要内容,它揭示了人类在面对一个客观事物和具体的场景时所产生的心灵共振以及情感波动,这种情绪反应不仅包含痛苦,也包含高兴、愤慨、赞美、同情等。"物哀"可以说是日本人独有的审美理念与意识,不可以将其单纯地理解为"悲哀"。悲哀是"物哀"的一种表现形式,包含着同情、怜悯等,是对他人以及世间万物悲哀的共鸣。中国的古诗中有很多体现这种情感的句子,例如"感时花溅泪,恨别鸟惊心""念天地之悠悠,独怆然而涕下"。"物哀"的范围比悲哀要广阔得多。"物哀"意识已经深深地渗透到了日本人的每个情感角落,影响着日本人的生活方式、行为习惯,已经变成了其民族心理不可分割的一部分。"物哀"是由生活中的痛苦、悲哀、伤感、寂寞等情绪体验升华出的一种特殊的审美意识。

2.《情书》"物哀"美学的情节构建

2.1 青涩懵懂的无结局的爱情体现的"物哀"

叶谓渠(1996:137)认为,"物哀"的首要层次就是"对人的感动,而其中以男女恋情的哀感最为突出"。本居宣长在评述《源氏物语》时也从两性关系入手阐释"物哀"美学。他认为"'知物哀'与恋情紧密相连。因此,在物哀中,爱情始终占据重要位置"(本居宣长,2010:73)。《情书》中男女主角的青涩爱恋将"物哀"美学表现得淋漓尽致。

处于青春年华的男孩藤井树和女孩藤井树因为同名同姓有了更多的交集,青春的画笔在两个人的时间画布上不浓不淡地描绘着。点名时,两人不约而同地回答,男孩高冷地一笑而过,女孩娇羞腼腆地低下头。班委选举之时,两人被主持人恶作剧地当成一对恋人,女孩委屈伤心地流下眼泪,男孩心疼女孩,而后愤愤不平地与主持人打架。虽然同为图书馆管理员,男孩也从不帮忙,反而寡言少语地、静静地、旁若无人地靠在飘逸的白色窗帘后边看书,借那些从来没人借的书,然后在借书卡片上填女孩的名字,并以此为乐。微风吹拂,女孩的刘海被吹起,让青葱的心灵萌生爱。放学路上,男孩骑自行车半路突然袭击,在女孩毫无防备的情况下,将纸袋套在其头上,得逞后快速离开现场,嘴角微微上扬,露出坏坏的笑,女孩不知所措,悻悻而归。为了调换拿错的英语试卷,女孩在自行车棚里等男孩等到天黑,不得不奋力摇车照明,男孩不露痕迹地故意拖延和女孩的独处时间,点点滴滴的细节流露出纯纯的爱意。这等意境别具一番风情却也难以言表,与中国传统美学之中的"言有尽而意无穷"类似(宿久高,1998:4)。

一个个唯美的场景感动了曾经情窦初开的我们,唤起了我们对那段青春岁月的感怀。单纯、天真、简单、纯净的爱情感动了所有的观众,不经意间就让观众对作品本身如痴如醉。日本人崇尚"隐而不露"的爱,而暗恋和初恋也因为简单、秘而不宣受到人们的广泛歌颂:既无海誓和山盟,也无海枯和石烂,短暂成就了美好的永恒。后来男孩藤井树转学了,这份爱情也被掩藏。

女孩藤井树与男孩藤井树淡淡的爱情没有了"然后",原本应该是公主与王子幸福地生活在一起的美好故事突然终止,让人不禁感慨。因为曾经美好过,所以哀而不伤。男孩藤井树,有点腼腆和内向,也不善言谈,虽然深深地暗恋女孩,却从头到尾没有说过一句"我爱你",只是默默地爱着她。懵懂的爱意没有转化成正式的恋情就已结束,让人唏嘘不已,不能"执子之手,与子偕老"的缺憾表现得淋漓尽致。无言的爱恋是懵懂单纯的,也是最隐秘的,隐藏在每个人的内心深处,"物哀"也伴随着年龄的增长常驻人们心底。

影片中回忆技巧的恰当运用主要是为了凸显追忆的青春情结与死亡的超脱,书信表面上看是博子和女孩藤井树的相互交流,实则是男孩藤井树和女孩藤井树在回忆中演绎的一场打动人心的"超越时空的心灵对话"(汪洪梅,2010:2)。故事的最后,女孩藤井树成功摆脱了死亡带给自己的心灵阴影,博子顺利地完成了改变,迈出了崭新的一步,开始了新的生活。此外,虽然情节自始至终围绕着生死展开,但与众不同的是它并未刻意去展示死亡的残酷和恐怖,而是将这种悲情淡化为一种哀思和怀念,有一份"哀而不伤的诗意"(尹乐岩,2010:4)。

在书信交流以及不断回忆的过程中,女孩藤井树感动于那份青涩的初恋,博子则得到了解脱,不再执着于对未婚夫的思念,收获了一份新的爱情。博子感伤后的解脱以及女孩藤井树在枯燥、毫无生气的生活中对于初恋的感动都在阐述一种不完美的、残缺的美。得不到的美才是纯粹的美,这就是岩井俊二对于"物哀"情思的完美阐释。

2.2 生离死别的"物哀"

死亡虽然意味着永远地失去,但留给在世人的却是绵延不尽的回想与追忆。死并非生的对立面,而是作为生的一部分永存(岩井俊二,1992:2)。死去的人连同他的一切包括温度以及感知都不复存在,却能给自己爱过的和深爱自己的人留下无穷无尽的记忆。死亡代表着永远地逝去和不完整,让活着的人苦闷,然而记忆却鲜活地存在于每个人的心中,给予人好好活下去的勇气和动力。

《情书》影片开始部分,博子忧虑而又极度伤感的脸部特写充斥整个画面,随即博子形单影只地出现在茫茫雪地中,甚是孤独和凄凉。博子深情地爱着男孩藤井树,从未释怀过,博子说:"那个人并没有向我求过婚。他把我叫到摩耶山的掬星台,手里拿着戒指盒,却始终不说话。两个人就这样看着夜景。大概是经过了两个小时的样子,时间挺长的,我感觉他有点可怜了,没有办法,所以我才说:请跟我结婚吧!然后他马上就答应了。"(符抒,2009:2)虽然斯人已逝,但是记忆的潮水再次涌来时,仍然会让人感觉温暖与美好。死亡不再可怕，反而有了几分温度；记忆也作为桥梁，连接着生者与死者，让彼此不再孤寂与悲伤。

博子深爱着男孩藤井树，虽然他已逝去两年，仍旧无法释怀，陷于压抑的漩涡不能自拔。一封原本是寄往遥远天国的信勾起了女孩藤井树对曾经的学校生活以及曾经的男孩藤井树的点点回忆。最后博子成功地从未婚夫死亡的阴影当中彻底走了出来，得到了重生，静静地面对着男孩藤井树出事的大山呼喊着"你好吗？我很好"。博子得到了救赎。

博子的信也叩开了女孩藤井树的记忆之门，青涩纯洁的初恋被娓娓道来。有缺憾的初恋融化了每个人的心灵，在每个人的心里生根发芽，并期待开花结果。影片最后，女孩藤井树沉浸在那段青涩的爱情当中，幸福的笑意荡漾于她的脸颊，在温暖的阳光下熠熠生辉。对待死亡，每个人都会惶恐和不安，如何淡然面对生离死别，如何处理逝者与生者的隔离感，如何泰然面对未来的生活是《情书》的主题。

女孩藤井树去国中寻找与男孩藤井树相关的回忆，从老师口中得知男孩已于两年前死于山难，那一刻时间停止了，一丝忧伤划过树的脸庞，哀伤之意漾溢开来，淡而悠长。下一个镜头就是女孩藤井树滑雪的镜头，轻松明快的画面感、欢欣雀跃的满足感，因偶然发现的一只死去的、已经四肢僵硬的蜻蜓而骤然结束，它冰冷的触角拨动着每个人的情感神经，让人黯然神伤。生命如此脆弱！它也曾经拥有夏花般绚烂的生命，此刻却归于平静，茫茫的白雪更是渲染了气氛，女孩触景生情，泪眼婆娑，暗自思忖"爸爸死了吗？"，泪光中满含对父亲的思念和不舍。初恋男孩的死、蜻蜓的死以及后来父亲的死缠绕在一块，"物哀"情思让人欲罢不能。现实和回忆交叉的画面营造了哀婉的诗意感。

死亡其实并不可怕，因为有了生命的终点——死亡，生命才有了期限，生者才要更加精彩、更加努力地活，或许这才是对死者最好的宽慰。对死者的怀念，对爱情和青葱岁月的留恋，对成长过程中的各种烦恼与忧愁的回忆，对未来的迷茫，对死亡的恐惧等在影片中都得到了淋漓尽致的诠释。无论哪一种情感和状态，都不应该被过激地抵抗和排斥，我们需要做的就是静静地品味其中的酸甜苦辣，然后默默地接受，用一种全新的状态面对未来的生活。

2.3 物象的隐喻——《追忆似水流年》

这是一个关于爱情、记忆与死亡的唯美爱情故事，影片娓娓道来，带我们一同追忆那逝去的似水流年。《情书》影片最后，一群女生拿着《追忆似水流年》这本书欢欣雀跃地来到女孩藤井树家，女孩藤井树发现那个书签后边画着当年学生装扮的自己。一段埋藏多年的爱情此刻明了，女孩会心一笑。曾经的少年已经永远安眠在大山之下，恋爱还没有开始就已结束。记忆与现实的交错构成了影片的全部情节，死亡和爱情因为记忆的频频回现而愈加清晰，记忆也因此超越了生死、印证了爱情。渡边博子代表此刻，女孩藤井树代表过去，将她们深深连接起来的纽带就是对于男孩藤井树的回忆。现实是残酷的，记忆总是那样美好。单纯炽热的爱恋和刻骨铭心的生离死别所带来的美好与憧憬、失去与落寞，成为本剧的主要故事情节。

《追忆似水流年》是法国著名意识流文学家普鲁斯特根据自己的亲身经历所写的一部经典长篇小说。《追忆似水流年》这本书可以说是影片《情书》中连接男主藤井树和女主藤井树情感记忆的重要线索，同时也是整部影片的点睛之处。普鲁斯特用特有的敏锐直觉成功捕捉到我们情感深处最深邃、最难捉摸的东西。"我们尽管已经用尽所有的力量追忆往事，但是总是枉费心机，白花了心思，用尽一切办法也无济于事。以前的点点滴滴都藏在脑海的外边，实乃心力所不能及也，它其实躲在某一种我们不可知的东西之中，躲在那个东西带给我们的感觉当中，然而那个东西在我们死去之后可否遇见和邂逅，完全属于偶然。或者我们到死也碰不到。"（乔治·卡托伊，1963：8）所有的往事随风飘落，封存在当事人的记忆中。当某刻心有所感，已是百感交集，虽往事如烟，也可激起内心的无限涟漪。记忆没有因为国时间的无情流逝而完全消失殆尽，反而因为经过时间的锤炼而更加清晰与美好。在梦幻般的记忆当中，女孩藤井树找寻到了自我，也获得了重生和解脱。男孩藤井树对女孩藤井树的爱是逝去的、懵懂的初恋，渡边博子对男孩藤井树的爱情却是现世之爱，然而男孩藤井树与渡边博子都默契地将爱深深埋藏在心底，将之永远留存在记忆当中，而后将思念化成永恒。虽生命已逝，时光流转，但情感永存，渡边博子开始了新生活，女孩藤井树欢欣雀跃于曾经懵懂地被爱着,收获了一份温存,也不再畏惧死亡。女孩藤井树在追忆曾经的似水流年之际,和男孩藤井树青涩的爱恋也跃然纸上,往昔的点点滴滴都是那样的美好与令人怀念,仿佛故事就发生在昨天。

女孩藤井树的家中古朴幽静,将要坍塌的房屋见证了三代人的成长。两鬓斑白的爷爷见证了岁月的变迁,他曾在暴风雪中背着儿子奋力赶往医院,之后又是背着孙女。爷爷在女孩藤井树呱呱坠地时种下的那棵树,此时已是参天大树,这棵树也是女孩生命的见证者,和女孩共同画出了完美的时间弧线。岁月如流水,永不停歇、奔腾不止,留给我们无尽的回忆与感怀。追忆无论如何也难以忘却的人情世故,随后满怀勇气和自信地去迎接未来的生活。《追忆似水流年》不仅仅是一本书,更是画龙点睛之笔,它的出现也是影片的高潮。其寓意是死者既然已经逝去,生者就应该在回忆的同时好好生活。

结　语

《情书》风靡世界,以男女藤井树以及渡边博子与男孩藤井树的爱情纠葛为主线,将一个有关记忆、青春、爱情与死亡的故事娓娓道来,充分体现了日本传统美学中的"物哀"情思。

参考文献

符抒.隐喻:深层意义之魂——对岩井俊二《情书》的创作研究之二[J].电影文学,2009(2).

黄卓越,叶千芳.二十世纪艺术精神[M].郑州:河南人民出版社,1992.

乔治·卡托伊.失去和重新找到普鲁斯特[M].巴黎:普龙出版社,1963.

宿久高.浅析"幽玄"[J].日语学习与研究,1998(4).

汪洪梅.冬日里洒落的温情——电影《情书》的主题再浅析[J].电影评介,2010(2).

本居宣长.日本物哀[M].王向远,译.长春:吉林图书有限责任公司,2010.

尤忠民.日本文学中的传统美学理念——物哀[J].天津外国语学院学报,2004(6).

叶渭渠.日本文学思潮史[M].北京:中国社会科学出版社,1996.

尹乐岩.井俊二青春题材电影的影像特质[J].田艺苑,2010(4).

岩井俊二.岩井俊二谈《情书》[J].外国电影研究,1992(2).

章慧霞.游走在传统和现代之间——岩井俊二导演研究[J].北京电影学院学报,2002(5).

亨利·詹姆斯的修辞与心理描写

——以《黛西·米勒》为例

◈ 李　舟

引　言

　　《黛西·米勒》这部短篇小说虽然情节简单，但却妙趣横生。这在很大程度上应该归功于亨利·詹姆斯高超的驾驭语言的能力，尤其是在修辞方面，他别出心裁的用词不仅将人物心理刻画得细致入微，让文本更具戏剧效果，具有深刻的言外之意，还让读者时而忍俊不禁，时而被带入对人物形象及其心理的思考当中。

　　在《黛西·米勒》这本书中，男主人公温特博恩对于女主人公黛西的看法，随着情节的推进和两人关系的发展而不断变化。这本书主要的两大论点就是对男主人公温特博恩的心理分析和对女主人公黛西的人物形象分析。詹姆斯别致的用词风格对我们的分析起着非常重要的辅助作用，尤其是一些修辞方法的运用，例如矛盾、比喻和反讽。这些词和用法引导着我们去深挖温特博恩的心理，充分激发了我们的主观能动性。我们对于黛西的信息都是通过温特博恩获取的，这些信息使黛西的形象更加丰满和客观。本文接下来将从这部小说中选取几个例子来具体分析亨利·詹姆斯运用修辞方法刻画小说中人物心理所产生的影响。

1.矛盾

亨利·詹姆斯在这部小说中多次运用了矛盾修辞法,将相互矛盾的概念放在一起,淋漓尽致地体现出了人物复杂的情感,也让文本具有一种冲突美感。例如:

She glanced at him with lovely remoteness."Yes, sir."she then replied. And she said nothing more.

温特博恩刚遇见黛西时,黛西一直刻意与他保持距离,不怎么与他进行眼神接触,也不怎么搭话。这不免给人一种黛西是一个非常高冷傲慢甚至失礼的女孩的印象。但作者在描述黛西的眼神的时候却用了"lovely"和"remoteness"这两个矛盾的词。疏远和冷淡怎么可能是可爱的、令人愉快的呢? 这两个词放在一起又是想表达什么呢? 一方面,温特博恩从来没见过像黛西这么美的女孩子,他瞬间被黛西的美貌所吸引,甚至她的冷淡也并不会让他觉得反感,反而让他觉得黛西更具魅力。另一方面,"remoteness"在这里也暗示了黛西在陌生的绅士面前还是很矜持的,她其实并不是一个随便的、轻浮的人。
又例如:

Daisy Miller looked out at these great lights and shades and again proclaimed a gay indifference—"Gracious! She is exclusive!"

黛西从温特博恩的话语中猜测出他的姑妈并不想见她以后表现出一种轻快的、漠不关心的态度。这里"gay"和"indifference"附带的语境是互相矛盾的。通常我们说漠不关心都是严肃的、无情的,作者在这里用"gay"修饰其实是想说明黛西表现出来的漠不关心并不是出于真心的,而是在掩饰她内心的尴尬和失落,以及无端遭受误解的心酸。虽然她和科斯特洛夫人在此前并无交集,但科斯特洛夫人却在并不知道她的行为动机的情况下对她的行为妄下判断,这也从侧面说明了黛西内心深处还是希望能够得到理解和尊重,得到主流社会接纳的。

从上文中的例子可以看出,矛盾修辞法的效果是非常显著的,让人初读的时候非常困惑,但分析过后又会惊叹于作者手法的精妙。矛盾修辞法在此部小说中的应用恰如其分地体现出了温特博恩矛盾纠结的心理和黛西丰满、有争议的形象。

2.比喻

詹姆斯也经常利用比喻的修辞手法描写人物心理、刻画人物形象,比喻的手法会起到一种点拨读者、引导读者分析的作用。下文挑选了运用了明喻和借喻的几个片段来进行说明。

2.1 明喻

...he saw that act unqualified by the faintest shadow of reserve. It wasn't however what would have been called a "bold" front that she presented,for her expression was as decently limpid as the very cleanest water.

为了打破黛西一直保持的冷冰冰的态度,温特博恩将话题引向了一些黛西并不熟知的有趣的事物,黛西渐渐地给予了他更多关注。于是温特博恩观察到黛西之前的矜持并不是精心假装的,她此刻也没有任何刻意鼓足勇气的举动。她的表情和语言就像最纯净的水一样不含任何杂质。作者把"Daisy's expression"比作"the very cleanest water"就说明黛西先前的冷淡并不是故作高冷,也不是欲擒故纵,而是毫无掩藏的天真与坦荡。

It was impossible to regard her as a wholly unspotted flower—she lacked a certain indispensable fineness;...

沃克夫人家的聚会结束后,黛西说她要和乔万内里先生去公园散步,还提出让温特博恩陪她一起去,到了公园之后事情就发展成为黛西挽着一位绅士散步。这是当时的欧洲社会不能接受的行为,没有哪个正派体面的姑娘会做出这样的事,而温特博恩作为黛西的爱慕者、追求者,心里更是不满。他开始思考黛西到底是不是一个好女孩。如果不是,那么她的做法就这样暴露在大庭广众之下,是不是也可以说明这其中并没有不正当的想法呢?反正无论如何,他不能再把黛西看作一朵无瑕的花了。这里把黛西比作"(impossible) wholly unspotted flower",一方面表明了温特博恩认为黛西的做法太任性、过分;另一方面也暗示了温特博恩内心的惋惜,这个像花一样美的、他爱慕的姑娘,竟然做出如此出格的事。

2.2 借喻

Winterbourne was almost grateful for having found the formula that applied to Miss Daisy Miller.

在温特博恩和黛西谈到欧洲的时候,黛西向他表达了她不喜欢欧洲的一点就是她觉得欧洲人很少社交,不像她在纽约,在纽约时她常被邀请去聚餐,而且她还特别强调她在那儿有很多绅士朋友。温特博恩对黛西这段对于当时的欧洲社会的过于大胆的言谈表示非常困惑。他从小在欧洲长大,从来没有接触过像黛西这么典型的美国女孩——迷人、健谈而且特别随便。他一时间无法判断黛西的为人。她究竟只是一个有一些异性朋友的漂亮姑娘,还是一个善于利用自己的姿色的心机女孩呢?"formula"在这里就借喻温特博恩此时心里对黛西为人的判断。作者将这个判断的过程比作数学中常用的公式和准则,暗示了温特博恩此时心里的想法还是比较客观的。黛西并不像他所认识的那些欧洲姑娘一样虚伪,精致的外表下掩盖着不可告人的小心思。她虽然喜欢和绅士们社交,但也只是思想开放而已,并不是另有所图。黛西总的来说只是一个不谙世事的、美丽的、喜欢调情的美国女孩。

...but he discovered promptly enough that with Miss Daisy Miller there was no great need of walking on tiptoe.

温特博恩希望将黛西引荐给他的姑妈认识,但万万没想到他的姑妈科斯特洛夫人对黛西一家颇有微词。科斯特洛夫人有着严苛的社交等级观念,将黛西一家视为粗野的、缺乏教养的下等人,惊讶于他们竟然和侍从关系亲密、主仆不分。她对于黛西只和她的侄子认识半个小时就答应两人单独去希永城堡的行为感到非常震惊,于是坚决拒绝见这个不体面的女孩。虽然温特博恩在姑妈面前极力为黛西辩解,但经科斯特洛夫人这么一通评判,他心里难免也起了波澜。于是他对他和黛西的交往方式有了新的打算,这里"no great need of walking on tiptoe"就借喻温特博恩对待黛西的方式。如果说他之前与黛西的交往是边试探边循序渐进的话,那么他觉得以后没有必要如此小心翼翼了。这就表明了温特博恩对黛西的看法起了变化,他受到姑妈的影响也开始看轻黛西,认为她是一个非常随便的野姑娘,并决心不再像对待其他上层淑女那样小心翼翼了。

从这几个例子可以看出,比喻手法的运用一方面能够非常明确地将人物的心理、形象展现在读者面前,帮助读者理解,另一方面还能使文本更加具有画面感,更加立体。

3.反讽

作者每一次运用反讽手法都将情节推向转折,将人物情感推向一个小的高潮,下文截取了几个片段进行说明。

If, however, he determined to wait a little before reminding this

young lady of his claim to her faithful remembrance, he called
with more promptitude on two or three other friends.

温特博恩原以为黛西去了罗马之后会急切地盼望着自己去看她,但却从科斯特洛夫人那里得知黛西在罗马过得风生水起,结识了许多"下等意大利人",这与他的想象大相径庭。所以他赌气不在第一时间去看黛西,而是先去拜访其他朋友。作者在这里用"faithful remembrance"描述温特博恩的心理,表达了温特博恩对黛西行为的讽刺。在沃韦的时候,他俩单独去了希永城堡,黛西还因为温特博恩第二天就要回日内瓦生气,尖酸刻薄地打趣他。温特博恩会觉得他在黛西心里占有了一席之地也是理所当然的,可黛西似乎转脸就把他忘了,并不把他当回事,还跟好几个欧洲"绅士"打得火热。"faithful"在这里表达了温特博恩对黛西对待男女关系的随意态度的讽刺。也就是在这个时候,温特博恩不再认为黛西是百分之百的天真无邪,他开始越来越认同他姑妈对于这个姑娘的看法——她是一个卖弄风情的、厚颜无耻的女孩。

But nothing would induce him to cut her either "dead" or to
within any measurable distance even of the famous "inch" of her
life.

温特博恩一天夜里偶然在罗马斗兽场碰见了黛西小姐和她漂亮的意大利朋友,他对黛西竟然在热病横行的时候暴露在这么湿潮、容易感染的地方,还在晚上和一名异性闲逛的行为感到惊骇和厌恶,同时他好像也终于释然了。既然黛西不顾自身安全、冒着染病的危险不安分地进行所谓的"社交",既然黛西自己都不把自己的生命当回事,那么他也没有必要再纠结应该怎样看待她了。但温特博恩并非彻底把黛西排除在外,他只是不想再卷入黛西那乌七八糟的生活中,不想再与她有任何瓜葛和纠缠。"famous"表面上看是指黛西那被"绅士们"簇拥着的生活,实则是在讽刺黛西在欧洲社交圈内已经没有了好名声。温特博恩此前对黛西遭受冷遇的同情在这个时候烟消云散,他认定了黛西是一个不自重、不自爱的女孩子。

这几个例子就体现出了反讽是一种情感比较强烈的修辞手法,可表达人物情感的小的爆发。它"所言非所指"的特点也更能强调所要表达的内容。

结　语

本文通过对亨利·詹姆斯在《黛西·米勒》中所运用的修辞手法的探究,深入地分析了男主人公温特博恩的心理和女主人公黛西的形象。

通过分析可以看到,温特博恩对黛西的看法是受到周围诸多因素影响的,例如欧洲社会的价值观,亲戚朋友的态度,还有他本身对黛西怀有的情感。所以,他心里对黛西的判断像一个钟摆一样在欧洲和美国两种截然不同的文化价值观之间不断摆动。他的双重性格使他起着连接两种文化的媒介作用(吴彩亚,1999:14)。作者运用巧妙的修辞手法深刻展现了温特博恩内心的矛盾和纠结,同时也帮助读者更加全面客观地理解黛西的人物形象。

至于黛西,我们作为读者通常会被情节吸引,难免会对黛西做出"她是一个没有教养,行为大胆甚至可以说是不检点的女孩"这样的初步判断,但作者其实在字里行间留下了一些"蛛丝马迹",给予了我们暗示。黛丝·米勒来自自由的美国,没有接触过欧洲社会,也没有现实生活的负担,她只沉溺于自己的世界;她对美国社会生活的习惯和理想主义态度,使她的所作所为对于沉闷古老的欧洲和保守传统的欧洲人来说,是一种神奇的现象,对于有文化自卑情感的侨居欧洲的美国人来说可能是"冒天下之大不韪"。在有着繁文缛节的欧洲社会,她无拘无束、平等待人的生活方式使她与欧洲人以及长期居住在欧洲的美国侨民格格不入,与其所置身的欧洲社会的呆板、保守的环境发生了激烈的冲突,她不顾一切地反抗,持续不断地寻找着冲破樊篱的方法。她蔑视欧洲的陈规陋习,勇敢地向欧洲宗教礼仪、文化习俗挑战,但终因势单力薄,在欧洲强大的、根深蒂固的保守落后的传统面前倒下了(王跃洪,2006:71)。黛西是一个稚嫩柔弱的女子,同时又是一个体现着新大陆蔑视陈规、昂扬向上、执着追求等精神品格的新青年(吴彩亚,1999:

13）。她是一个自由坦荡的女孩,虽然她的一些行为容易让他人产生误会,尤其是在有着深厚的文化积淀和复杂的礼仪规则的欧洲社会,但她并不会为自己辩解,因为她不认为有什么可解释的,她的行为背后从来都没有保守的欧洲人所推测的那种社会所不接受的企图。因此,那些关于她的流言蜚语从来都没有给她造成过困扰,她也从未让那些闲言碎语禁锢她的自由。就像那个意大利人在葬礼上所说过的那样,"she did what she liked",她只是做了她喜欢做的事情而已。吴彩亚（1999:13）也曾这样评价:"她反对任何人对她指手画脚,干涉她的个性自由。她不屈服于任何阻力,不害怕任何讥刺的目光,不畏惧任何飞短流长。她只是依凭着自己对自由的理解来安排生活,其执着、坚持似乎到了冥顽不灵的程度,而其个性魅力的光辉也正源于这种执着与坚持。"

参考文献

JAMES H. Daisy Miller[M]. New York:Random House Inc.,2002.

王跃洪.亨利·詹姆斯笔下的女性形象[J].名作欣赏,2006(12).

吴彩亚.清新而执著的雏菊——论《黛西·米勒》中的黛西形象[J].扬州大学学报（人文社会科学版）,1999(6).

太宰治作品风格的"一以贯之"

◆ 黎 源

引 言

日本无赖派是日本战后文坛上出现的一个特殊文学流派，其对生活采取自嘲和自虐的态度，专写病态和阴郁的东西，以反抗传统的权威。太宰治作为日本无赖派代表作家之一，曾著有《斜阳》《逆行》《满愿》《鱼服记》《快跑吧，梅洛斯》《人间失格》等作品。世人对其作品的评价不一：宣本昌治在《人间失格以及其他——关于太宰治的感想》中认为太宰治作品中的角色是"违背道德者和生活落寞破产者"；奥野健男也在《太宰治论》中把太宰文学定为"分裂型性格"，以"上升感性"和"下降感性"为两个坐标，把太宰文学定为"下降指向的文学"；与此相对，鸟居邦郎对太宰文学给予了高度评价，他在著作《太宰治文学精神的形成》中论述道："太宰文学作为昭和文学不灭的金字塔的地位越来越稳固，在此期间始终有新的崇拜者不断涌现，实在是令人惊叹不已。"

事实上，文学界一般将太宰文学划分为三个阶段："排除与反抗"的前期（1932－1938）、"安定与反抗"的中期（1939－1945）、"新戏做派"的晚期（1945－1948）。这三个时期恰好对应左翼崩溃、战争时代、战后迷茫。许多学者从其前期和后期的作品中探求太宰文学的本质，但却贬低中期作品。他们认为中期作品风格倾向阳光、积极，与其一贯的颓废基调不一致。对此笔者持有不同意见。笔者将从影响太宰文学基调形成的环境与时代背景及其代表作品来分析其整个文学风格的纯粹性。那么纯粹是指什么呢？据《现代汉语学习词典》解释,纯粹具有两种含义:第一,作为形容词,表示纯一不杂的,不含别的成分的;第二,作为副词,表示判断或结论一点不错,不容置疑,完全。本文所指的纯粹属于第一种。

1.初期太宰文学颓废基调的形成

一个作家的作品基调的形成在一定程度上是由其生活的环境与时代背景以及个人经历所决定的。因此,要分析太宰治作品基调的形成就不得不首先探讨一下其特殊的身世与成长经历。太宰治原名津岛修治,出生在津轻地区的大地主家庭,父亲曾是贵族议员。无论是在学习还是生活中,他都受到各种优待。但是,他幼年丧母,由叔母和保姆带大,又加上当时的日本还是长子继承制,作为家里第六个孩子的太宰治极有可能被边缘化:习惯于用扮丑去取悦别人,只为些许的存在感。高中时,他开始接触马克思主义,因此为自己剥削阶级的出身自卑、内疚不已。1929 年因对出身感到羞愧,服安眠药自杀未遂。1930 年,脱离运动,背负上"叛徒"的罪意识,后与酒吧女招待相约投海自尽,不料自己获救,他的罪意识进一步加深。1935 年,参加《都新闻》报社录用考试而被淘汰,自缢未果。1937 年,因药物中毒住院治疗,其间妻子小山初代与别的男人有染,后与小山同时自杀未遂后分手。(马军,2001)

现实的生活阅历,是作家文学思想意识形成的重要因素和潜在背景。1938 年之前的太宰一直处于一个反复自杀、内疚颓废的生活状态,这无疑对其整个作品基调的形成产生了重大的影响,也直接反映到了其前期的文学创作上。他前期的作品主要有作品集《晚年》以及小说《逆行》《丑角之花》等。《晚年》中收录的作品都是太宰治在脱离左翼运动后写的,当时他思想上极其苦恼,曾自杀未遂,实际上这些作品都是太宰治作为遗书而写的,所以其中凝聚了他所有的情感,不免颓废压抑。《丑角之花》是根据他同女招待投海自杀,结果女招待死了他却被救起这一事实而写成的,他采用了自白形式,表达了自己的罪意识。所以说太宰治前期的作品基本上都是根据切身经历所作,整体风格略显低沉、压抑与颓废。

2.中期文学风格的转变

奥野健男认为产生这一转变的原因主要有三个:第一,因镇痛剂中毒被送入精神病院;第二,住院期间第一任妻子与别人私通;第三,怀疑自己以往的文学表现手法(刘炳范,2000)。太宰治果真是因为这三点而转变的吗?答案是否定的。1939 年,经井伏鳟二介绍,太宰治与第二任妻子石原美知子结婚,各方面也都趋于稳定。那么太宰治中期作品风格向明朗基调的转变是生活稳定在文学上的表现吗? 显然论据也是不足的。那么到底是什么引发了太宰治文学风格的转变呢?

1937 年 7 月,"卢沟桥事变"爆发,全面侵华战争开始。战争期间,日本政府加强了对国内文化的干涉与管制,鼓吹国策文化。摆在作家面前的只有两条路:一是屈服于政治的威慑力,成为为日本军国主义服务的宣传工具;二是避开政治上的敏感地带,进行纯艺术的创作,从而使自己的文学生命得以继续。太宰治前期的作品大多充斥着自我否定、自我破坏的内容,整体风格颓废,这显然不符合日本军国主义战时的宣传要求。在不沦为宣传工具的同时又想继续自己的作家生涯的话,太宰治只能选择第二条路——改变风格。不难看出,这一时期的太宰文学风格的转变,与其说是伴随着太宰治本身经历的变化而自然产生的,不如说是迫于大环境的一个被动与消极的调整。

一个作家的作品风格及表现手法的转变并不意味着其文学精神也一定会转变,此时的"健康、明朗"只是一个表象,其"虚无、消极"的本质在他中期的文学作品中也能找到。在以《满愿》《富岳百景》为开端的中期作品中,太宰治使用了"单纯""朴素"(《关于爱与美》《花烛》)、"正直"(《当选之日》《正直笔记》)、"想要变得自然,想要变得诚实"(《女学生》)等词语和句子。许多学者认为从这些词语和句子中可以窥探到太宰治当时较为明朗的文学观、人生观。与日本战况日渐吃紧相对,从 1942 年开始,太宰治明朗的姿态却更加明显,并直接反映在其文学创作当中。他认为要"从现在开始采取单纯正直的行动"(《正义与微笑》),"人必须正直。这是最近更深刻地感受到的。正直地说话,正直地前进,生活就着实会变得简单。无欲是相当重要的"(《一问一答》)。开始他还是抱以被动的态度,随着战况发展,周围死亡的阴影日愈浓郁,"明朗""正直""单纯"等变成了他的一种积极向前的目标。在《右大臣实朝》中,描写了他"清澈的心境""他心中无论何时都是如初夏的晴空一般清爽晴朗""他的举止总是像溪流潺潺流淌一样自然"。这无疑反映了太宰治对轻快、透彻心境的向往。实朝是一个把所有东西都舍弃了的人,有着正直、单纯、冷淡清澈的心境和轻松愉快的心情。他曾表示新的时代像羽毛一样轻盈,像在白沙上潺潺流淌的小溪一样清澈。

通过太宰治中期的作品我们可能觉得原本脆弱、敏感的太宰治在战争阴霾的笼罩下,逐渐明朗起来,开始追求爱、追求希望。然而,这种"明朗"并非简简单单就能达到的,它背后隐藏着太宰治内心的孤独、对"自我意识"的努力舍弃、对现实的一种妥协,或说是对自我的掩盖。在《右大臣实朝》中,主人公实朝人格完美,言行可谓"无懈可击",即使是对他而言十分重要的书籍在火灾中被烧毁时,他也只不过是一笑了之。他仿佛完全不知憎恨、抱怨、愤怒为何物,他的举止就像潺潺流水一样清新、自然。可是,就是在这样的实朝体内,存在的不仅仅是明朗、正直、静如止水般的心境,他的心灵深处隐藏着一片寂寞孤独的原野。他作为大将军却徒有其名,乍一看他和大家都是朋友,可一旦发生问题的时候人们就会把他孤立出来甚至当作敌人,他不被任何人信任。没有人想要去了解他内心的真实想法。他生活在漫无边际的孤独中。实朝的开朗豁达也好,言行的"无懈可击"也好,并非表面看到的那样简单。正如实朝自己所言,那是一种"破灭的姿态",是通过舍弃自我而造就的心境。这种心境在《御伽草纸》中的《浦岛》一文中也有体现。在《浦岛》里,登场人物乙姬也有着这样的心境。在一个世界中,什么也不用顾及,没有苦恼,没有虚荣,可以达到一种高贵的清心寡欲的境界,如果达到这种境界就可以原谅所有的事情、所有的人。这种心境的背后是一股只有抛弃一切才会有的力量。作为人类的浦岛无法忍受龙宫的寂寞而回到人间时,却看到比龙宫更加萧条寂寥的景象。人间只有无边的荒野,这无疑比在龙宫中更加寂寞。他无法从痛苦中解脱,只能无奈地打开从龙宫带回来的玉匣子,于是他瞬间变成了三百岁的老人,把以前发生过的事情全部忘记了。之后的十年,浦岛作为老人幸福地生活着。只有过去的事情都被遗忘了,苦闷的浦岛才得到了救赎,才能幸福地活下去。这就是忘却的力量。前期过度的自我意识、破灭颓废的姿态使太宰治被视为"狂人"。在1937年发表的《灯笼》中,他写到:"我愈言,人们愈不信任我。遇到的、见到的人,大家都对我有所警戒。偶尔我很期待地去见熟人,而对方却用一种'你来干什么'的眼神来迎接我,真是难以忍受的回忆,我已经哪里都不想去了。"他终于体会到了世间的可怕和阴险狡诈,被人排斥和不信任造成了他心理上的巨大的孤独感。为了在社会上生存下去,他只能在人们的排斥和谩骂声中把自己武装起来,用假面具来伪装自己。

所以说这种"轻快、明朗"绝对不是轻松的,"不舍弃欲望和生命的话就不能理解此种心境"。为了在社会上生存下去,为了文学艺术,在对现实的妥协和新理想的深处,潜伏着太宰治自身孤独和寂寥的影子。因此,这一时期所谓的太宰治积极转变不过是迫于政府压力对文学表现手法的调整,其整个文学精神并未发生质的改变。

3.后期文学风格的再续

随着日本的战败,所谓的"正统"文学失去权威性,又加上日本国内百业待兴、一片凋敝,国民陷入了无端的迷茫之中。无赖派的颓废、堕落倾向及其反正统、反权威的特征恰巧符合这时民众的整体精神面貌与心理,因此受到民众的追捧,成为日本文坛的新宠儿(李先瑞,1997)。这一时期乃是太宰治创作的集大成时期,著名代表作有《维荣之妻》《人间失格》等。从这些作品中也能看出太宰治后期作品风格。

在短篇小说《维荣之妻》里,主人公大谷是一名出身贵族、放荡不羁且嗜酒如命的潦倒诗人,他欠酒馆的账,还偷了酒馆的钱,被人追至家中,对此,娇弱的妻子非但没有责怪他,还自愿到酒馆里当女招待来顶债。涉世未深的妻子不久便被酒馆的客人侵犯,从此她认识到了人世的丑陋,改变了自己的人生观。诗人表白说:他偷钱是为了让妻子过一个快乐的新年,却没料到自己的堕落行径导致妻子在替自己顶债的过程中也堕落了。最后她对丈夫说:"沦为畜生也没关系,只要能活着就行了。"这对夫妻虽用爱情维系着生活但从未达到思想的融合。大谷说:"女人既无幸福也无不幸,男人却只有不幸。"他时常对即将到来的不幸命运感到恐惧,而妻子在酒馆替丈夫顶债时却认为自己的生活发生了很大的改变,成了"和从前完全不同的欢愉的日子"。实际上,妻子所谓的欢愉日子只是一种表象而已。大谷和妻子虽知道拯救自己的道路,但却认为那种道路不适合他们,只有堕落才是他们的目标。小说通过对夫妻二人堕落过程的描述,表现了善恶、美丑观念的泯灭。在创作硕果累累的后期,太宰治的作品更加堕落与颓废了。

结　语

作为日本无赖派主要代表作家的太宰治的作品在日本,特别是在战后初期,对当时的日本青年有着很强的吸引力。特定的家庭环境和社会环境使得他的作品虚无主义色彩浓厚,尤其是其前后期作品明显具有颓废和虚无的特征,作品的主人公也都是堕落型和破灭型的。其中期作品在"明朗"的表象之下依旧潜伏着孤独与颓废。所以说,太宰治的整个文学创作主题与风格从未发生过质的改变,始终保持着一致。

参考文献

李先瑞.太宰治和他的晚期创作[J].解放军外语学院学报,1997(2).

刘炳范.论"无赖派"与日本战后文学的转型[J].东北亚论坛,2000(2).

马军.太宰治与无赖派文学[J].日本学论坛,2001(2).

杨伟.太宰治思想发展试论[J].外国文学,1998(1).

《暴风雨》中主要角色的后殖民主义解读

◈ 王　蝶

引　言

《暴风雨》是威廉·莎士比亚在其创作生涯中独立完成的最后一部作品,其"融合了悲剧与喜剧中的标准人物、题材与情节模式"(Abrams,2009:651),这是它作为传奇剧的显著标志。剧中刻画的理想中的人的形象展现了人性的光辉,主人公用以呼风唤雨的神奇魔法则暗示着书籍与知识的巨大力量。这些特征无不深深打上了当时席卷英国的人文主义思潮的烙印。尽管成书时间较晚(1610 年至 1611 年),《暴风雨》仍不失为莎士比亚最成熟的作品之一。这一点从其被收录在 1623 年出版的"第一对开本"中并占据靠前的位置就可见一斑。

19 世纪时相当多的批评家及学者对《暴风雨》持有很高评价。在一篇关于莎士比亚的演讲中,S. T.柯勒律治大力称赞《暴风雨》充满诗意的想象和写作技巧,将其视为传奇剧的创作典范。虽然柯勒律治的言论受到了同时期英国浪漫主义文坛对莎士比亚盲目崇拜的心理的影响,但他的观点仍然代表了当时部分作家的态度(本·琼生等,1979:137－144);俄国作家别林斯基也同样欣赏《暴风雨》中奇妙的幻想和诗意的用词,并对作品中体现的"从幻想的因素所产生的这种朦胧神秘的色彩"的特点给予认可(本·琼生等,1979:437－441);弗兰克·哈里斯将《暴风雨》视为一部寓言性作品,他认为剧中的每一个角色都有自己的象征意义,主人公普洛斯彼罗就代表着莎士比亚本人(谈瀛洲,2005:162);在众多评论家中,赫士利特首次注意到了怪物凯列班被奴役的地位,他指出凯列班是一个让人同情的角色,因为原本这个粗陋的怪物才是海岛的主人,来自欧洲大陆的普洛斯彼罗是事实上的掠夺者(钟慰,2013:4)。

《暴风雨》打破了莎士比亚的大部分剧作中都存在的跨年的时间变动和地点转换,严格遵守了"三一律"的原则。普洛斯彼罗用魔法围困众人、米兰达与王子相爱、凯列班意图报复等冲突都集中在一天之内爆发,所有这些故事情节都发生在一个远离欧洲大陆的海岛上。这样的设定不仅让情节的戏剧性效果能够较为集中地展现在读者眼前,还使得20世纪中后期学界对《暴风雨》进行后殖民主义解读成为可能。1950年 Octave Mannoni 在 *Psychology of Colonization* 一书中使用"Prospero complex"及"Caliban complex"来阐明法国殖民者和非洲殖民地人民间的关系。他对《暴风雨》的相关研究,标志着对该剧进行后殖民主义解读的开端(钟慰,2013:5)。1978年,爱德华·赛义德在《东方学》(1999)中基于福柯新历史主义的批评方式,对部分殖民地文学作品进行分析,进一步阐述自己所提出的"文化帝国主义"及"他者"等概念。他提出西方文学中的东方实际是西方人眼中的"东方",殖民者通过在殖民地确立欧洲中心论的话语地位而让西方成为规范和卓越的代名词,东方则成为劣等的怪诞的存在。赛义德的思想不但为20世纪90年代后研究《暴风雨》的学者们开拓了新的视角,也给后殖民主义提供了更丰富的理论依据。

国内从后殖民主义角度解读《暴风雨》的相关论文主要将凯列班作为分析的重点。李毅(2009)探讨了剧场版本中凯列班的不同舞台形象和学界对凯列班从厌弃到同情再到将其与受压迫土著相联系的发展过程;潘道正(2010)在《凯列班:人文主义者想象的他者》中将凯列班与其他的欧洲人物相比较,指出相较于欧洲人的虚伪和邪恶,生长于自然中的凯列班朴实可爱,实际上是一个被妖魔化的"高贵野蛮人"形象。付丽娟从主人公普洛斯彼罗的角度出发,提出他是一名东方主义者,通过暴力和宣扬西方优越性、东方劣根性的方式,实现了对凯列班和爱丽儿的控制。孙坚、杨仁敬(2009)指出了普洛斯彼罗和爱丽儿及凯列班之间的殖民关系。

钟慰(2013)则是借助赛义德的东方主义观点分析了文本中存在的权利话语。

　　本文将在前人研究的基础上,从后殖民主义的视角分析普洛斯彼罗、爱丽儿、凯列班和其他踏上小岛的欧洲外来者的形象及他们身上反映出的殖民关系。通过比较可以发现,精灵爱丽儿身为普洛斯彼罗的仆人,扮演了欧洲殖民者的代理人的角色;被普洛斯彼罗当作奴隶使唤、以丑陋面貌出现的凯列班则扮演了受到欧洲殖民者压迫的"他者"形象。欧洲外来者们在踏上海岛后就计划进行殖民统治,极尽丑化海岛原住民凯列班,并试图利用和奴役他,也体现出浓厚的以欧洲为中心的殖民色彩。文本中体现的爱丽儿、凯列班与欧洲人之间的关系实际上暗示了被殖民者和殖民者之间反抗与压迫的关系。

1.故事内容及写作背景

　　米兰公爵普洛斯彼罗醉心魔法,将政务交给弟弟处理,不曾想却被利欲熏心的弟弟安东尼奥和那不勒斯国王流放到了大海上。在好心大臣贡柴罗的帮助下,普洛斯彼罗带着女儿和书籍在一个海岛上存活下来,并遇到了精灵爱丽儿和相貌丑陋的凯列班。12 年后,安东尼奥和那不勒斯国王一行人偶然经过小岛附近。普洛斯彼罗命令爱丽儿掀起风暴,把自己的仇人们送到小岛上的不同位置。那不勒斯王子腓迪南与普洛斯彼罗的女儿米兰达一见钟情。最后故事以大团圆告终:凯列班见识到普洛斯彼罗施展的强大魔法后诚心归附;爱丽儿获得了渴望已久的自由;腓迪南与米兰达结婚;普洛斯彼罗原谅了曾经的敌人,将魔杖沉入海底,和家人一同返回米兰。

　　莎士比亚生活的英国经历了伊丽莎白女王到詹姆斯一世的统治。在伊丽莎白女王在位时期,大英帝国逐步繁荣。女王通过与贵族阶层达成暂时的和解和宽容的宗教措施缓和了国内的政治、宗教矛盾。圈地法案的实施使英国国内工业获得发展。1588 年,英国海军在与西班牙无敌舰队的海战中获得胜利,标志着英国取代老牌海上强国西班牙成为新的海上霸主。自此,英国一方面利用新开辟的海上航路和猖獗的海盗活动建立强大的殖民帝国,另一方面则通过对殖民地进行原料和廉价劳动力的掠夺,进一步加快国内的资本积累。

随着新航路的开辟,越来越多的欧洲商人、水手选择到海上谋生。商人们通过航行及海上贸易获得丰厚的利润。《暴风雨》中老臣贡柴罗在海难中这样安慰那不勒斯国王:"我们所逢的不幸是极平常的事,每天都有一些航海者的妻子、商船的主人和托运货物的商人,遭到和我们同样的逆运。"由此也可以看出当时的出海航行、海上贸易甚至是海上的天气都对普通人的生活产生了影响。贵族们到达海岛后马上考虑在此殖民获利更是暗示了英国当时在海外建立了庞大的殖民地经济体系。

2.主要角色分析

2.1 普洛斯波罗

普洛斯彼罗在爱丽儿和凯列班面前显示出了绝对的权威,不但会命令他们完成自己要求的事情,还会在他们表现出反抗态度时不停地进行恐吓和辱骂。在爱丽儿说起重获自由的问题时,普洛斯彼罗先是强调是他把爱丽儿从女巫的囚禁中释放出来的,以此来提醒爱丽儿自己曾经给过她恩惠。接着,普洛斯彼罗又严词表明不听自己命令的下场。在爱丽儿保证顺从时,普洛斯彼罗的态度变得缓和,又许下了等事情办好,就在两天后给予爱丽儿自由的承诺。

> **普洛斯彼罗**:假如你再要叽里咕噜的话,我要劈开一株橡树,把你
> 钉在它多节的内心,让你再呻吟十二个冬天。
> **爱丽儿**:饶恕我,主人,我愿意听从命令,好好地执行你的差使。
> **普洛斯彼罗**:好吧,你倘若好好办事,两天之后我就释放你。
>
> (第一幕,第二场)

通过这种恐吓与安抚相结合的方法,普洛斯彼罗牢牢地控制着爱丽儿。

爱丽儿在听从普洛斯彼罗的所有命令之余还对他心怀感激。

如果说普洛斯彼罗对爱丽儿还算和颜悦色,那他面对凯列班时的各种辱骂则是将他脾气中恶劣的一面展现得淋漓尽致。尽管米兰达不喜欢凯列班,普洛斯彼罗仍然把凯列班留在身边供自己驱使,教他说话,让他"给我们生火,给我们捡柴,也为我们做有用的工作",并用"你这泥块""你这乌龟"和"你这恶毒的奴才"等丑化性的词语来称呼凯列班,在交流中贬低他,强化自身在两者关系中的主导地位。

[爱丽儿重上,作水中仙女的形状]

普洛斯彼罗:出色的精灵! 我的伶俐的爱丽儿,过来我对你讲话。

（耳语）

爱丽儿:主人,一切依照你的吩咐。(下)

普洛斯彼罗:你这恶毒的奴才,是魔鬼和你那万恶的老娘合生下来的,给我滚出来吧!

（第一幕,第二场）

从"出色的精灵""我伶俐的爱丽儿"和"你这恶毒的奴才""魔鬼和你那万恶的老娘合生下来的"的对比中也可以看出普洛斯彼罗对待爱丽儿和凯列班有截然不同的态度。通过威胁与安抚相结合的方式,普洛斯彼罗既可以驱使爱丽儿施展魔法,又可以利用她对凯列班进行监视;通过言语攻击和魔法威慑,普洛斯彼罗压制住心怀不满的凯列班,让后者在心不甘情不愿地去做各种杂活、苦差事的同时又不敢反抗。普洛斯彼罗成为二者实际上的主人,并实现了对小岛的统治。从这一点上看,普洛斯彼罗的行为和欧洲殖民者并无二致。他们在到达一处后就会反客为主,建立起属于自己的殖民地王国,将原住民视为未经开化的低等种族。他们不仅要把自己的文化价值标准强加到原住民身上,还会要求原住民学习自己的语言,以保证在话语权中的主导地位。

2.2　爱丽儿

和只能做杂活、粗活的凯列班不同,爱丽儿在岛上并不需要进行体力劳动。在大多数时候,她都是在普洛斯彼罗的授意下施展魔法,其他时候则是扮演着凯列班的监督者的角色。为了能够让爱丽儿心甘情愿地被自己驱使,普洛斯彼罗与她说话的语气都较为温和,还会用"我的爱丽儿""我勇敢的精灵"和"好精灵!我的好爱丽儿"这类比较积极的话语去称赞她。

爱丽儿对普洛斯彼罗的称赞十分受用,虽然不排除爱丽儿是为了能早日获得自由,但她确实会说着恭维的话出现在普洛斯彼罗身边并刻意讨好他。在剧中第一次登场时,爱丽儿嘴里说出的都是对普洛斯彼罗的奉承话,说自己愿意为他赴汤蹈火。

> **爱丽儿:** 万福,尊贵的主人!威严的主人,万福!我来听候你的旨意。无论在空中飞也好,在水里游也好,向火里钻也好,腾云驾雾也好,凡是你有力的吩咐,爱丽儿愿意用全副的精神奉行。
>
> (第一幕,第二场)

故事中,爱丽儿也是推动情节发展的关键角色,是她掀起风暴让欧洲贵族们流落到海岛上,是她奏响音乐把腓迪南带到米兰达身边,也是她在那不勒斯国王遭到谋杀时及时做出提醒。爱丽儿的一切行动都是从维护普洛斯彼罗的立场出发的,她与普洛斯彼罗虽然是被殖民者与殖民者的关系,但是两者间的关系十分紧密,爱丽儿的奴性也体现得比较明显。在没有普洛斯彼罗授意的情况下,她还会主动去监视凯列班的举止,把说普洛斯彼罗坏话的凯列班称为"骗子",向普洛斯彼罗报告凯列班的背叛意图。孙坚、杨仁敬(2009)指出爱丽儿扮演的是殖民者在殖民地的代言人的角色。殖民者通过代理人可以在殖民地实现更有效的控制。虽然同是海岛原住民,但爱丽儿是掌握魔法的精灵,与女巫之子凯列班相比可以发挥更大的作用,所以她可以拥有比凯列班更大的行动范围和自由。从爱丽儿以凯列班的监督者自居这一点也可以看出她认为自己的地位要高于凯列班。因此在剧中,爱丽儿往往是和普洛斯彼罗站在同一阵营对凯列班进行压迫。

2.3 凯列班

米兰达和普洛斯彼罗在谈论凯列班时,都是用"他"来进行指代,人称代词"他"和女巫之子同时暗示了凯列班生而为人的身份。但普洛斯彼罗在话语中只是使用"泥巴""怪物"等词去称呼凯列班,人为地抹杀凯列班作为"人"的属性。在刚到达小岛时,普洛斯彼罗对凯列班是十分和蔼的,不仅亲自照顾他,还教给他欧洲人的语言。然而在熟悉了整个小岛之后,普洛斯彼罗对凯列班的态度就急转而下了。

> **凯列班:**我必须吃饭。这岛是我老娘西考拉克斯传给我而被你夺
> 了去的。
>
> ……
>
> 本来我可以自称为王,现在却要做你的唯一的奴仆,你把
> 我禁锢在这堆岩石的中间,而把整个岛给你自己受用。
>
> (第一幕,第二场)

凯列班虽然对普洛斯彼罗心存恨意,但因无力反抗,只能用诅咒、谩骂等方式来表达自己的不满。普洛斯彼罗则坚称自己是在凯列班试图侵犯米兰达之后才改变了态度的。潘道正(2010)在文章中指出,普洛斯彼罗要奴役凯列班,只需要想出几个名正言顺的理由就可以了,米兰达险些被侵犯一事只是一个导火索。因为如果真的担心女儿被侵犯,普洛斯彼罗绝对不会把凯列班留在身边干活。此外,从凯列班心甘情愿被他人驱使,只求对方替自己杀掉普洛斯彼罗这一点可以看出,普洛斯彼罗对凯列班的态度肯定是不友好的。在屠夫答应凯列班会暗杀普洛斯彼罗后,凯列班甚至高兴地唱起歌来,在他看来,普洛斯彼罗的死亡与自由可以画上等号。殖民地原住民

的单纯和悲哀在此也体现得淋漓尽致。他们以为推翻了一个殖民者就可以获得自由,却没有想到依靠别的殖民者打倒当前殖民者的行为只能让自己主动降到劣等的地位,陷入一直被奴役的死循环。

除了普洛斯彼罗刚上岛时,凯列班在岛上一直处于最低等的位置,其他任何人都可以使唤他。他愚昧无知到害怕普洛斯彼罗的书籍,将书本看作魔法力量的来源;他有感悟美好的能力,能够意识到米兰达的美丽以及自然和音乐的美妙;他在失去了对海岛的控制权后不得不卑躬屈膝,想要借助其他殖民者的力量推翻现有的压迫,却没有想到在其他欧洲人眼中,自己也是一个丑陋与怪异并生的怪兽一般的存在。赛义德认为,凯列班代表着殖民地没有全盘接受西方文化的原住民。但是在欧洲文明中心论的语境下,代表东方的凯列班注定是一个失去自身发言权的"他者",他身上纯朴单纯的文化特质则被有意识地贬低和丑化了。

2.4 其他欧洲人形象

如果说普洛斯彼罗对爱丽儿和凯列班还有一丝温和的态度,那么其他的欧洲贵族身上则体现出了殖民者特有的掠夺的品行。在玩笑话中,西巴斯辛就说自己的哥哥"也许想把这个岛装在口袋里,带回自己的国家去,赏给他的儿子,就像赏给他一只苹果一样"。贡柴罗虽然想在岛上建立理想国,但这仍然需要先对海岛进行统治,之后才能推行他的主张和想象中美好的社会规则,他同样没有考虑海岛原住民本身的意志。

在弄臣特林鸠罗第一次见到凯列班后,他除了惊异之外,马上想到的是自己可以从凯列班身上得到多少好处。

特林鸠罗:奇怪的鱼! 我从前曾经到过英国;要是我现在还在英国,只要把这条鱼画出来,挂在帐篷外面,包管那边无论哪一个节日里没事做的傻瓜都会掏出整块的银洋来瞧一瞧;在那边很可以靠这条鱼发一笔财;随便什么稀奇古怪的畜生在那边都可以让你发一笔财。

(第一幕,第二场)

特林鸠罗的话不仅表现出他对凯列班的贬低和丑化,也暗示了欧洲殖民者通过压榨殖民地原住民来掠夺资源和财富的野心,这种心态实际上比凯列班的外貌更为丑恶。

结 语

在代表西方的欧洲人看来,海岛上的原住民就是和自身不同的"他者"。这种以自我为中心的有意识的区分在初期就让欧洲外来者把原住民特别是凯列班放在了与自己对立的阵营。《暴风雨》之所以能有普洛斯彼罗与弟弟和那不勒斯国王一笑泯恩仇的大团圆结局,可能还是因为他们有共同的文化背景,彼此间能够做到和解。《暴风雨》中普洛斯彼罗与爱丽儿和凯列班的关系更多的是对伊丽莎白女王在位中后期英国殖民活动的映射;凯列班在见识到普洛斯彼罗的魔法后表现出忠诚和归顺,更多地表现了殖民地原住民对欧洲发达科技和知识的依赖和崇拜。但是故事最后却是普洛斯彼罗丢掉了自己的魔杖,让爱丽儿恢复了自由,也放弃了对海岛的统治的和解式的结尾。这既像是莎士比亚对自己长久以来的创作工作的告别,也像是他对人性的美好期待。只有抛弃某一特定文化中心论才有可能实现不同文化之间的友好交流。

参考文献

ABRAMS M. A glossary of literary terms［M］. Beijing：Peking University Press,2009.

本·琼生,等.莎士比亚评论汇编(上)［M］.北京:中国社会科学出版社,1979.

谈瀛洲.莎评简史［M］.上海:复旦大学出版社,2005.

付丽娟.普洛斯帕罗:典型的东方主义者形象——《暴风雨》后殖民主义解读［J］.作家杂志,2012(14).

李毅.论《暴风雨》中凯列班的角色嬗变［J］.四川戏剧,2009(3).

潘道正.凯列班:人文主义者想象的他者——莎士比亚《暴风雨》的殖民主题与人文精神［J］.天津外国语学院学报,2010(4).

孙坚,杨仁敬.后殖民主义理论视阈下的《暴风雨》[J].外国语文,2009(5).

莎士比亚.暴风雨[M].梁实秋,译.北京:中国广播电视出版社,2001.

赛义德.东方学[M].王宇根,译.北京:生活·读书·新知三联书店,1999.

钟慰.莎士比亚《暴风雨》的后殖民主义解读[D].南宁:广西师范学院,2013.

读者反应批评理论视角下《白鲸》的历时解读

◈　张润利

引　言

美国著名作家麦尔维尔的代表作《白鲸》,被认为是冒险故事、寓言、悲剧、史诗。毛姆在《杰作与巨匠》中提到麦尔维尔是十大文学巨匠之一(李锋,2008)。《白鲸》是麦尔维尔在 1850 年到 1851 年于马萨诸塞州的皮茨菲尔德市、纽约市完成的。故事发生的时间是 1830 年到 1840 年,地点是一艘航行于太平洋、大西洋和印度洋的名叫裴阔德号的捕鲸船上。《白鲸》围绕捕鲸船船长亚哈和一只叫作莫比·迪克的白鲸展开。亚哈船长年轻时出海捕鲸,被莫比·迪克咬断了一条腿,从此他怀恨在心,踏上了杀死莫比·迪克的复仇之路。他下令让捕鲸船穿越所有海洋,只为寻找白鲸的下落。故事最后,亚哈找到了白鲸,与之进行了殊死搏斗,但不幸的是,亚哈还是失败了。尽管他已经刺向了白鲸,但狡猾的白鲸还是咬破捕鲸船,把船拉入了海底。亚哈最后被一根绳子绞死了。船上所有人都溺死了,只有以赛玛利得以存活。整个故事就是由以赛玛利来讲述的。

《白鲸》是最伟大的美国小说(李万钧,1988)。该作品充满了象征手法。"裴阔德"这一名称也具有象征意义,它是美国马萨诸塞州一个原始部落的名字,这个部落因白人的入侵最终消失了。裴阔德号象征着宿命,最终它会像裴阔德部落一样消亡。裴阔德号的外形像一副棺材,这也在一定程度上暗示了这艘捕鲸船的毁灭。莫比·迪克在小说里也充满了象征意义。对于人类来说,白鲸就是神秘强大的自然力量;对于亚哈船长来说,它象征着邪恶,但是它白色的身体又是善良与纯洁的象征。从白鲸的象征意义可以看出作者在塑造这个角色时的矛盾心理。

1.从读者反应批评理论视角解读《白鲸》

巴赫金1926年提出了读者反应批评理论的核心观念问题。波兰文学家罗曼·英伽登在《文艺作品》和《文艺作品的认知》里强调:在文学作品实现的过程中,读者是与作者地位相当的共同创造者。美国批评家露易丝·罗森布拉特在《作为探索的文学》中提出文学作品的意义是通过作者与读者之间的沟通来实现的(邱运华,2005)。从20世纪开始,学者们尝试站在读者的角度来阐释文学作品。读者反应批评理论的形成为文学作品的解读提供了新的视角。文学作品具有一定意义,但一部作品意义的实现永远都离不开作者、读者、事件这三个要素,而读者在阅读过程中会对文学作品进行解读,不同读者对于同一部作品的理解总会有所不同。

20世纪60年代末期,联邦德国学者罗伯特·姚斯和沃·伊瑟尔分别发表了《文学史作为文学理论的挑战》和《本文的召唤结构》两篇重要论文,他们研究的是文本的非自足、非封闭性和接受、阐释的历史性、开放性,并据此高度肯定读者的阅读活动对于实现文本意义的重要作用。姚斯认为文学作品要实现其意义,必须通过读者,读者即接受者。读者成为文学作品意义实现过程的主角。姚斯认为,在作家、作品与读者三者之间的关系中,读者具有主动性、创造性,而不是被动、单纯地做出反应,读者"本身便是一种创造历史的力量"(邱运华,2005)。

由于环境、时代、文化、民族的不同,读者解读作品时会有自己独特的见解。若一部作品未被读者阅读,其意义就不会被发掘出来,作者想表达的意义、读者结合时代以及个人情况所理解的意义,都不会传达出来。这样的作品就不算真正意义上的完成品。然而一旦读者进行阅读实践,那么作品就不单单是一堆文字,而是具有了现实意义。新批评和结构主义把作品意义和内涵局限在文本内部,但作品的意义和内涵不是作者本人决定的,读者的阅读实践是实现作品意义的最终途径。通过读者反映批评理论,可以推断出不同时代的读者对《白鲸》有不同的解读。

1.1 麦尔维尔时代《白鲸》接受现状分析

1851 年麦尔维尔创作完成《白鲸》,但当时却无人问津,直到 20 世纪 20 年代才有一些作家发现了这部小说的价值。再后来,这部小说被搬上荧幕,直到现在对这部小说的研究仍然没有结束。麦尔维尔的前几部作品都是描述航海冒险故事的,大受当时读者的喜爱。可是,当《白鲸》出版后,以前喜欢他的作品的读者并没有对《白鲸》产生阅读兴趣。这是一部被美国学界称作"文化杂烩"的小说,很少有读者能看出它的价值所在。霍桑曾说过,这本书比他之前的几部作品更有意义(吴定柏,1998)。麦尔维尔写这部小说是为了让人们思考残酷的资本主义社会中自身的命运。

在麦尔维尔时代,人类想把世界上的一切化为财富收入囊中,但是麦尔维尔通过这部小说启示人类:无论是谁,想要征服自然,到头来总是会被自然征服。人类只能顺从自然,尊敬自然,永远也不能征服它。麦尔维尔通过描写亚哈与白鲸的故事,表明了人类生活的无意义状态。这部小说在当时不受欢迎的原因有以下几点:首先,与之前几部作品相比,《白鲸》不是一部简单的航海冒险小说,而是在航海故事的基础上,运用大量的象征手法探索了更加复杂的主题,比如人类本性、种族问题、宗教、自然界以及 19 世纪的社会现状等。其次,小说中表现出浓重的消极主义色彩。在当时的西进运动中,美国人表现出前所未有的热情,由此而产生的拓荒者个人主义的典型特征就是开拓进取,蔑视一切惯例和传统。在西进运动时期,个人主义就是开拓精神的同义词。麦尔维尔所传达的悲观情绪与大时代背景不符。有评论者将莫比·迪克看作邪恶的化身,把亚哈同它之间的冲突看作善与恶的冲突,最终善被消灭,这很符合麦尔维尔忧郁的悲观主义情感。麦尔维尔笔下的亚哈船长正是 19 世纪美国人所推崇的拓荒者个人主义的体现,亚哈船长独立的人格散发着自信,他异常坚定又极度自我,他正是勇敢的美国拓荒先驱的代表。但是,麦尔维尔最终让亚哈船长死在了与白鲸的战斗中,作者主要想表达的是:如果人类觉得世界因自己而存在,自然法则因自己的意志而转移的话,免不了被自然毁灭。

伊瑟尔曾指出,文学作品除了有实际读者,还存在隐含读者,两者并不相同。隐含读者是作者在创作作品时设定的预期读者,也就是作品的隐含接受者。隐含读者是作者在排除许多干扰因素的情况下,希望出现的符合其预期的读者(邱运华,2005)。《白鲸》刚出版时,所遭受的冷眼足以证明麦尔维尔的这部作品的隐含读者并不是跟他同一个时代的人,与他同时代的人一心忙于扩张土地、征服自然,只看得到利益。麦尔维尔所表现的消极悲观情绪自然违背了实际读者的意愿。麦尔维尔时代正是美国人开拓疆土、西进运动发展的阶段,整个社会充满了积极乐观的氛围,但是麦尔维尔的这部作品却表现出理想与现实无法调和的矛盾,作者想表达人类对于自然的蔑视以及那种傲慢的性格,必将受到大自然的惩罚,亚哈最终死于跟白鲸的决斗,整部作品流露出悲观的思想情感,这显然难以被当时的读者接受。他自己似乎早已意识到这本书的结果。"我写了一本坏书",他在完成《白鲸》后这样告诉霍桑。

1.2　20世纪20年代《白鲸》重回读者视野

20世纪20年代,一些文学史学家致力于构建美国文学传统,对于他们来说,《白鲸》不但表达了传统的美国文化主题,比如宗教问题、命运之说、经济扩张等,而且是一部具有实验性的预示了现代主义主题的作品。沉寂了70年之久的《白鲸》在一批超级读者的推崇下,重新出现在读者视野中。迈克尔·里法泰尔的"超级读者"的说法把从事理论研究的读者从读者群中区分出来。《白鲸》能够重回读者视野,全是这些超级读者的功劳。这些超级读者中就包括劳伦斯,他曾说过:"这是一部好作品。"毛姆也是超级读者之一,他觉得《白鲸》就是一部出自巨匠之手的杰作(李锋译本《巨匠与杰作》)。20世纪20年代弗洛伊德心理学在学界受到极大欢迎,弗洛伊德提出的原理为解说麦尔维尔的作品提供了新的方法。这也是《白鲸》能够重新出现在读者面前的一大原因。《白鲸》所具有的深度、丰富的象征、反讽的运用、具有穿透力的思想都是20世纪20年代的作家想要在自己作品中表达出来的东西。所以,《白鲸》是值得这些作家研究的作品。这部作品表现出来的丰富意义,正是 20 世纪 20 年代的美国社会氛围的反映——经历了世界大战,民众精神世界极度匮乏,整体表现出颓废消极的情绪。读者时代背景的变化,使得《白鲸》能够重回读者视野。

读者反应批评理论认为,随着时代的变化,作品的现实意义也会发生改变,因为是不同的读者对作品进行解读,所以解读的意义也有所不同,不存在一种解读是正确的,另一种解读是错误的这种说法。读者反应批评理论允许不同读者对作品进行解读,以实现作品的意义,这种意义不局限于作者本身想表达的意思。

2.《白鲸》的电影改编

文学作品的电影改编也是读者解读文学作品的方法,通过电影,读者可以表达自己对文学文本的理解。《白鲸》是美国最富有想象力的作品(Richard Chase,1980),所以它为电影改编提供了无限可能。

1956 年的《白鲸》电影改编版本跟 2010 年版本风格完全不同,所要表达的主题也不一样。1956 年版本的电影海报突出刻画了亚哈船长的头像,背景是亚哈船长用鱼叉刺向白鲸,基本还原了原著所描写的场景、故事。这部电影请到了当时帅气的好莱坞明星格利高里·派克,由他饰演亚哈船长,从中可以简单地看出这部改编作品强调的是亚哈船长的个人魅力,但这种个人魅力离不开对金钱的支配权。在船员的眼里,亚哈是能带给他们金钱的人,所以他们愿意听命于亚哈,赌上性命去追杀白鲸。在裴阔德号上,不同种族的人凭借自身本领挣钱,没有种族歧视。电影中所突出的裴阔德号上和谐的氛围正像美国 20 世纪中期时的社会状况。在船上,白人是领导,来自其他国家的人都是船员,这点恰巧反映了美国社会的现实,即美国人永远都是提供脑力,其他人则是付出体力。这部电影把亚哈塑造成了一位现代英雄,类似于古希腊或莎士比亚作品中的悲剧英雄。

亚哈的过分自信与傲慢让他认为自己可以与常识和自然匹敌。亚哈始终觉得白鲸是这世上的万恶之源,他发狂般地想要追杀白鲸,并以此作为自己无法逃避的命运。

2010 年版的《白鲸》电影是改编最大的版本。从这部电影的海报中只能看到一只巨大的白鲸，背景是宽阔的大海。海报中没有人类，取而代之的是一艘漂在海洋上的军舰。单从海报中便大概可以知道这部改编电影表达的是自然的力量。整部影片抛弃了原著的故事场景——捕鲸船，把白鲸塑造成了无可匹敌的巨大的神秘的自然力量。在影片中白鲸攻击人类数次，令人生畏，但不能拿好坏评价白鲸这一角色。

影片把故事搬到了现代，选取的几个主要人物的名字都保持不变。亚哈是军舰的舰长，他曾经在执行任务时因为白鲸的袭击而断了一条腿，这让他在身体上和精神上都备受打击，所以他誓死要杀了白鲸，为人类除害。亚哈在影片中依然具有勇敢、傲慢、自信的性格。在现代社会，人类掌握着高科技，因而变得更加强大。裴阔德号是一艘军舰，而不是捕鲸船。船员手中拿的不是鱼叉，而是手枪。即便亚哈有了更加强大的武器护身，他最后还是死了。影片的这种情景设置意在警示人类，虽然在 21 世纪人类因为科技变得更加强大，但依然不能肆无忌惮地征服自然。在这部改编作品中，保留了亚哈与布玛船长的对话，目的是表现两种截然不同的生活态度。恩德比号的布玛船长同样也遭受过白鲸的袭击，并因此失去了一只手，但是布玛船长淡然处世，他觉得就算杀死白鲸，他的手也不能失而复得。这种淡然的心态与亚哈强烈的复仇心形成对比。最终亚哈死于白鲸之手。他的死暗示了人类的生存状况：人类没有想象中那么强大，在有限的生命中，拥有的知识和能力也是有限的，即使有先进的科技、强大的武器，依然免不了死于与自然的争斗。

结　语

《白鲸》从最初不被读者接受到 20 世纪二三十年代重回读者视野，再到改编为不同版本的电影，说明一部著作的意义不是固定不变的。根据读者反应批评理论，任何作品的意义都要等待读者去挖掘和解读。对于同一部著作，不同时代的不同人会有不同的见解。正如《白鲸》小说里的这头鲸，它身姿优美、体格庞大、力量无穷，自由地遨游在海洋中，完全可以代表善的力量。相较之下,亚哈冷酷、无情、残忍、充满仇恨,他才是恶的力量。当双方最终相遇的时候,亚哈连同其船上的那帮"形形色色的叛徒、流浪汉、食人者"全部覆灭,天道已行,沉着镇定的白鲸神秘离去,罪恶被击败了,而善的力量最终获胜。总之,一部作品的意义在于读者如何解读,不同时代的不同读者有自己独特的观点。麦尔维尔的《白鲸》有着丰富的意义,等着读者去挖掘。

参考文献

CHASE R.The American novel and its tradition[M].Baltimore:Johns Hopkins University Press,1980.

李万钧.试论《白鲸》[J].北京:国外文学,1988(3).

邱运华.文学批评方法与案例[M].北京:北京大学出版社,2005.

毛姆.巨匠与杰作 [M].李锋,译.南京:南京大学出版社,2008.

吴定柏.美国文学大纲[M].上海:上海外语教育出版社,1998.

"冰与火之歌"之维特与阿尔伯特

◈ 周丹丹

1."冰与火之歌"之维特与阿尔伯特

1.1 火一般热情真挚的维特

维特是一个出身市民家庭的青年。他敏锐,感情丰富而细腻,对自然无比热爱和钦佩。他热情地称赞自然,投入到大自然的拥抱中,一棵树、一排栅栏、一个安静宜人的峡谷、蒸发的薄雾、盛开的花朵,都让维特觉得有趣。自然在他眼中是治愈心灵的灵丹妙药。他喜欢表达对大自然的爱:"一种美好的快乐充满了我的整个灵魂,我感觉很甜蜜,因为我能专注于享受春天的早晨,这个地方似乎是拥有和我一样心境的人创造的,能够享受生活的乐趣我真的很开心。"他渴望宁静的农村生活,他经常漫步在美妙和谐的田园风光中,和诚实的村民交谈,感受温暖朴素的民俗风情。他与孩子们玩耍,以纯洁的童心融入其中,享受"最纯洁的生活乐趣"(傅学艺,2009)。

维特尊重人性的本质和自由。他生性独立,不受约束,渴望自由,追求个人解放。所以他听从内在的声音,不会为了名利而失去自我,不会隐藏自己的爱和仇恨。他曾说:"我的心是我唯一的骄傲,是我的一切力量、一切幸福、一切痛苦、一切唯一的来源。"他鄙视世俗的眼光,坚持人人平等。他不喜欢世俗的官僚、傲慢的贵族和庸俗顺从的公民。他认为爱是人的自然权利,这份爱也包括对自然的崇拜。他主张将自然的艺术融入爱人的艺术中,将自然与爱融为一体。只有自然才能创造出一大批真正意义上的艺术家,只有自然才能让艺术达到顶峰。

维特对自然有一种特殊的情感,瓦尔海姆的两棵菩提树和村民在院子里种植的两株茂密的核桃树,都令他难以忘怀。可以说,自然中的一草一木在他看来都是珍宝。他像一个天真的乡村孩子、一个头脑简单的农民,他从不介意与身份低微的人交朋友,从不在乎他们的身份,他渴望一种简单的农村生活,他喜欢坐在菩提树下面,剥膝盖上的豆荚,偶尔拜读他的荷马;看到女人们头顶水缸去村头打水,一路跌跌撞撞,他会上去帮忙;看到充满母性情怀的绿蒂悉心为弟弟妹妹们准备晚餐,他会为之动容。

1.2 冰一般冷静理性的阿尔伯特

在《少年维特之烦恼》这个悲剧中,阿尔伯特虽然不是主角,但却是一个不可或缺的角色。由于他的思想倾向和品格特征与维特不同,所以他的存在对于维特来说起到了衬托对比作用。阿尔伯特在书中并不是一个花花公子风格的小丑,也不是被丑化的邪恶小人,而是一个公认的诚实精明的人。"我不得不尊重阿尔伯特,"维特说,"真的,阿尔伯特人很好,他是一个有才华的人。"维特不欢迎阿尔伯特从外面回来,但是他却说,阿尔伯特是他在世界上最好的朋友。这些评论是众所周知的,阿尔伯特聪明,有能力,安静平和,没有坏脾气,而且给予维特的是真诚的友谊,给予绿蒂的是真正的爱和尊重。在性格上,阿尔伯特是无可指摘的,在气质上,他和维特有很大的区别。维特在第一天的信中描述了他,谈到自杀这个话题时,信中内容生动地表明他们的想法是截然不同的,他们争辩不休,最终没有达成相互理解。从这个争论中我们看到,维特充满激情和慷慨之心,阿尔伯特平静、无动于衷;维特一直在谈论具体的生活实例,而阿尔伯特却一直谈论普遍原则;在以自杀为话题的讨论中,维特一直都在结合具体实例探讨,但阿尔伯特却由小见大,讲了很多众人皆知的道理,未免有点夸夸其谈。读者可能会觉得维特的思想更深入,因为维特的结论不是凭空得来的,而是基于尖锐的社会现实问题。

阿尔伯特在一些问题上的态度和维特迥然不同,看几个具体的例子:

(1)有个冬天在山岩间寻找野花的青年疯子认为自己的幸福时光其实是被链子锁在疯人院里的那一年。维特听后很有感触,他联想到大多数人的命运后说:"天上的上帝呀!除了形成理智之前和丧失理智之后,人总是不幸的,这就是你给人安排下的命运。"这就是说,有理智的人总是不幸的。这个感触十分深刻,他从一个人的不幸想到人普遍的命运,并责难安排命运的上帝。阿尔伯特知道,这个青年原是法官的秘书,由于爱绿蒂而被辞退最终发疯,但他并未因这件事而产生任何联想和感慨。(2)有个因与寡妇女主人相爱而被解雇的青年雇工杀死了一个要与女主人结婚的农民,这个青年被捕并将被判处死刑。维特看到"爱情与忠诚这些最美的人类感情都变成了暴力与残杀",不胜惊骇。他认为事出有因,青年雇工首先是不合理婚姻制度的受害者,因而请求赦免青年雇工。阿尔伯特却帮助法官驳回维特的要求,主张就事论事,依法判决,不考虑原因。(3)维特总是主动接近和了解穷苦不幸的人。他还特别喜爱儿童,把儿童看作社会上最纯洁和最完整的人。阿尔伯特没有这样的表现和见解。(4)维特不能忍受公使的压制,坚决辞去了即将升迁的职位。阿尔伯特却全心全意地在宫廷职位上工作。对此维特表达了强烈的不满:"任何一种令人讨厌的公务不是都比他那可爱的妻子更吸引他吗?"(5)维特追求自由而健康的生活。他的思想新颖,感情丰富。他厌恶鄙陋的社会环境,他疾恶如仇,对一切不合理的现象都表示愤慨。他始终走的是反对社会传统的叛逆道路。阿尔伯特则不同。他对自己职务以外的任何事情都漠不关心,对任何不合理现象都毫无激愤情绪。他兴趣不广,只对仕途经济心神专注。因此,对于当时的封建社会他不仅能够适应,而且还自觉维护。显然,对封建传统的反叛和支持就是维特和阿尔伯特在思想本质上的差别。

2.浪漫主义与封建主义

2.1 浪漫主义的定义

浪漫主义是文学艺术的基本创作方法之一,和现实主义相对应。作为一种创造性方法,客观现实中的浪漫主义重点反映了主观内在世界,表达对理想世界的热烈追求,常用充满激情的语言、宏伟的想象和夸张的形象。许多知识分子和历史学家将浪漫主义视为对启蒙运动的反弹。启蒙时代的思想家强调演绎推理的绝对性,而浪漫主义强调直觉和想象力,甚至在某种程度上被批评为"非理性主义"。

2.2 封建主义的定义

西罗马帝国灭亡后,欧洲公共权力分散,面对内外安全威胁,在特定的历史条件下,社会上产生了一种自下而上的,以个人关系为纽带的军事防御体系,即欧洲封建制度。该统治方式的特点在于,其基本关系不是国王与臣民,而是领主与附庸。领主与附庸双方享有的权利和义务均受封建法保护。[①] 在西欧,封建主义这一概念既涵盖了中世纪的社会关系,也涵盖了经济关系(侯树栋,2005)。

2.3 浪漫主义与封建主义

维特与阿尔伯特这两个人物正是浪漫主义和封建主义的典型代表。歌德是"狂飙运动"的重要代表,而在德国,他的《少年维特之烦恼》在当时可以算是最有成效的运动成果了。《少年维特之烦恼》到处都体现着"狂飙运动"的精神。因此,为了分析《少年维特之烦恼》的浪漫主义,首先要探索"狂飙运动"和浪漫主义的关系。"狂飙运动"发生于18世纪80年代的德国,以一系列反封建文学运动为代表,"狂飙运动"作家大多强调个人解放、崇拜天才。他们认为,过去的诗学太重视规则的普遍性和重要性,实际上创造的意义远远大于刻板规则;文学创作的规则,就像跛脚者的拐杖,对于天才来说无异于牢笼。因此,他们指出了德国启蒙运动的一个缺点——"自满的理性主义"(刘娟,2007)。卢梭认为,这种理性主义是冷酷的,"狂飙运动"的作家大多受到卢梭"回归自然"思想的影响,认为在理性统治下,所有原始和自然

---

① 百度百科"封建主义"词条[EB/OL].[2016-05-18]. https://baike. so. com/doc/6207589 — 6420856.html.

的东西都被统一的要求扼杀了。他们不再遵循古典主义的刻板印象和典范,而是大力表达情绪,尊重自然和想象力。虽然西方学院派学者们一直对"浪漫主义"一词存有争辩,认为浪漫主义思想与实践之间存在很大的差异,但浪漫主义作家有一些共同的观点,比如重视情感。华兹华斯在作品中说:"所有好诗都是强烈情绪的自然表现。"另外,对于浪漫主义作家来说,现实是肮脏、丑陋、平庸、微不足道的,生活总是在别处。所以浪漫主义作家着重于描绘自然风光,表达自己对自然的热爱。在《少年维特之烦恼》中,作者描述了许多自然风光,着重烘托诗意浪漫的气氛,毫无疑问,维特是作者最爱的宠儿。与此相反,古典主义坚持"一切遵从传统",这和追求安静、简约、和谐的美学理念相反。浪漫主义作家喜欢在作品中突出奇异情节,渲染异国情调。如此来说,"狂飙运动"内在精神与浪漫主义是一致的(李醍,2013)。

在某种意义上,封建主义是与浪漫主义形成对比的,而在《少年维特之烦恼》中,维特就是浪漫主义的化身,阿尔伯特就是封建主义的代表。早在19世纪,丹麦知名评论家布兰奇斯就指出:《少年维特之烦恼》的价值在于它表现的是一个时代的麻烦、悲痛和沮丧。也就是说,小说中歌德提出的社会问题具有普遍意义。《少年维特之烦恼》反映了18世纪末德国社会的现实。那时候,德国是恩格斯所说的"在政治和社会方面是可耻的"国家,处于停滞不前的阶段。封建土地所有权、封建贵族暴政、层层门槛制度、繁缛的社会礼节、婚姻不平等等,这一切,像一条绳索,捆绑着整个德国,不仅严重扰乱人们的思想精神,也直接阻碍了经济发展和社会进步。和其他欧洲国家一样,德国资本主义生产方式,如工艺品生产,早在15世纪就开始萌芽,但到了18世纪,依然落后于英法等发达国家,因为德国的新兴资产阶级在政治、经济和人力方面依然很弱。经历了文艺复兴、宗教改革和启蒙运动,在新思想的影响下,人们已经开始醒来了,年轻一代更是情绪激昂。他们对自己阶级的政治权力和社会地位非常不满,强烈要求打破层层限制,建立自然的社会秩序和平等的人际关系,这样就不可避免地与当时的强大力量发生了强烈冲突。

3.精神伴侣和生活伴侣

有人说,维特对绿蒂的爱是单向的、毫无回馈的,真的吗?在小说中,维特喜欢绿蒂,因为她是自然、简约和美丽的化身。二者的心灵是互通的,在精神上,他们的感觉有很多共同点,经常摩擦出思想的火花,比如对于一些英国情感小说,两人经常有相同的观点。德国诗人克洛普施托克以自然诗《春节》连接了两个人的心灵,维特在绿蒂手上哭泣,在绿蒂看来,维特是"眼中充满泪水的欢乐吻",维特觉得绿蒂担心他的命运,并且爱他。绿蒂不是完全被动的,她有时也会发出蕴含爱意的信息,比如她允许维特在她的手中哭泣;她嘟起嘴巴给金丝雀喂食,然后把鸟交给了维特,让金丝雀去吻维特,这样她的嘴唇也间接地吻了他;她有时会盯着维特的眼睛,在他的眼睛呈"快乐的形状"时接受他的"潜意识"。后来她决心与维特疏远,也是出于万般无奈,她说:"事情发展到现在,为了大家好,我请求你,不能再继续下去了。"最后,绿蒂选择了阿尔伯特,一个与维特性情几乎截然相反却是真的很爱她的男人。和维特相比,她的丈夫阿尔伯特更稳定、可靠,能给她和她的兄弟姐妹依靠,跟随他,她可以创造自己的生活,可以说,他是一个非常有价值的伴侣,从熟识的那一刻开始,他们就"有志同路,和睦相处"。她不管突然心生什么感觉,想起什么有趣的事情,总是习惯于与他分享,他可以给她带来情感和精神上的舒适。阿尔伯特能给绿蒂生活上的依靠,而维特能给绿蒂精神和心灵的慰藉,从中择一,实在是很困难。现实生活中,这个困境很常见。一个女人内心可以有很复杂的心理活动,在婚姻中选择一个人并不意味着情感上依附于这个人,当然这并不是完美婚姻的样子。绿蒂选择阿尔伯特做她的丈夫并不意味着她不爱维特。天下有情人终成眷属只是一种美好的愿景,一对男女因为种种原因而不能在一起的现象,古今中外在小说和现实生活中都比比皆是(苏琼华,2005)。

维特更像是绿蒂的精神伴侣,而阿尔伯特则更像是生活伴侣。至于这个艰难的选择问题,即使没有婚约的束缚,在当今的社会也是一个难题。多少人出于内心对自由的追求和对爱情的信仰抛弃一切,甚至离开亲友,只为与精神伴侣,也就是自己的真爱厮守终生;又有多少人站在理性的高度,选择温饱和富足的生活,放弃心中所爱,而建造一个完满的家庭(孙羽津,2008)。

结　语

阿尔伯特和维特就像是冰与火,一个是封建传统的化身,一个是浪漫主义的化身。绿蒂面对冰与火的诱惑,最终站在了理性的一边,选择了安稳的生活。维特自杀了,他的离去不是懦弱,而是反叛的表现,在"狂飙运动"的洪流中,他成为时代的先驱者,因为一个时代要想进步,就要有人敢于牺牲、敢为人先。这种抗争的勇气可歌可泣。冰与火的选择是对人性的考验,选择不同,人生轨迹就会不同,但是最终的归宿是一样的,那就是幸福。

参考文献

傅学艺.浅析《少年维特之烦恼》中绿蒂和阿尔伯特的真实性情[D].广州:华南师范大学外国语言文化学院,2009.

侯树栋.封建主义与德意志王权[J].北京师范大学学报(社会科学版),2005(6).

刘娟.试论少年维特的人生追求:自然、纯真和自由平等[J].湖北广播大学学报,2007(9).

李醒.浅析歌德《少年维特之烦恼》[J].成人教育,2013(7).

苏琼华.说不尽的爱情——谈世界文学中的爱情婚姻问题[J].保山学院学报,2005(3).

孙羽津.爱情:信仰的栖居之所——探寻维特的信仰悲剧[J].唐山学院学报,2008(3).

从女性主义文学批评视角解读《睡谷传说》中的卡翠娜

◈ 徐佳雯

1.华盛顿·欧文及《睡谷传说》

华盛顿·欧文是一个典型的美国富二代,童年时期爱读书和写作,成年后在英法两国游历时,每到一个地方就会去听取当地人的形形色色的故事,这些也为他以后的创作提供了大量的素材和宝贵的经验。美国文学萌芽于独立战争之后,而当时美国作家的作品在欧洲文学家眼里几乎无地位可言。英国文学长期以来在美国占主导地位。在独立战争后,民族意识使得美国作家越发觉得必须要在世界文坛证明自己。欧文是领军人物之一。1809年,欧文出版了《纽约外史》,开始被世界文坛所注意,十年后,他的短篇小说《见闻札记》(素描本)出版,更是被各国的文学家称道。此后,欧文又出版了许多散文、旅游传记等。欧文作为闻名全球的作家,创作的《瑞普·凡·温克尔》(*Rip Van Winkle*)及《睡谷传说》(*The Legend of Sleepy Hollow*)已经成为美国的经典文学作品,他也因此被誉为"美国文学之父"。

欧文偏好写散文和短篇故事,在他的文章中,我们经常能感受到不同散文流派的风格。另外,欧文的小说主要来自传统的欧洲民间故事,所以他常在小说中进行气氛的渲染,有浪漫风格和哥特风格。欧文对于村庄生活和历史遗迹很感兴趣,他天生就懂浪漫手法,各种各样的场景在他的笔下显得异常美丽。这些场景描写流畅而且不牵强,易于阅读,但都含有隐喻,表达自然。瑞普生活的村庄安静、古老、神秘,让读者感受到了作者对于神秘环境的精彩描写,它仿佛远离平凡尘世,与现实有一定的隔离感。欧文很少谈论小说中的一个事件,他只是谈论一个幽默的故事。他的小说充满幻想,但幻想不是故事的主要部分,故事的结尾往往是其独特的别具匠心的部分。欧文在一系列令人兴奋的描述中,经常会打破这些幻想回归现实,然后重新审视这些幻想,话语之间的疑惑让人们难以区分真假(向镜霖,2001)。

《睡谷传说》讲述的是一段发生在伊卡拉布德、布鲁姆和卡翠娜·范·塔塞尔之间的三角恋故事,表现出了人们在城市和睡谷截然不同的生活方式,更准确地说,它是"一种嘲笑爱情、英雄主义和鬼魂的文学传统的小说"。故事发生在哈德逊河流域,男主角很懦弱,欧文通过设定一个不同的环境来获得一种嘲讽效果。可以说,他为美国文学打开了一个全新的局面,无论是对短篇小说的思想、主题还是意境的表达来说都是一个很大的进步。

2.女性主义文学批评及其"妇女形象批评"

20 世纪 60 年代,女性主义文学批评(Feminist Literary Criticism)兴起(Beasley,1999)。社会上兴起了对男性文化在文学研究领域建立的传统假设的批评,这种批评从新视角考察文学史的现状与未来。美国女权主义批评经历了女性形象批评、妇女中心批评、女权主义文学的兴起等发展过程。其中,"女性形象批评"的主要方法是重新阅读和评论性别文本,其基本内容是批评男性作家的作品及其对妇女的评论,目标是揭露男性心中固定的"女性形象",揭示女性从属于文学作品的历史、社会、文化根源,从而提高女性的意识(魏天真,梅兰,2011)。

我们可以清楚地看到,在男性笔下,女性形象通常有两种极端:一种是无可挑剔的天使,一种则是负面评价不断的恶魔。桑德拉·吉尔伯特和苏珊·吉尔作为女权主义者联合写出的《阁楼上的疯女人》,研究的是西方 19 世纪的男性主义文学中的两个虚构的女性形象——"天使与恶魔"(罗婷,2004)。作家指出,从但丁的比阿特丽斯、弥尔顿的人妻、歌德的马倩眼泪到帕尔默的"家庭天使",她们本身都想成为天真无私的天使,可是由于内心的自我否定,总为丈夫着想。这种矛盾的做法,体现出了男性对于女性的错误理解,同时剥夺了女性的生活地位,将其变为男性受害者。而另外一个极端的恶魔,比如斯潘塞创作的人蛇混合物种、莎士比亚笔下的高耐睿厄尔和丽甘笔下的贝姬等形象,这些角色的设定很清楚地表达出男性对于女性追求独立、不依靠男性的想法的厌恶(朱立元,1997:50)。但是,这些女性的恶魔形象实际上反映了女性被压制的情况。无论是恶魔还是天使,实际上都是女性失真和抑郁的表现。不真实的女人形象实际上是女性在男性世界的表现形式。

事实上,男性作家笔下两种极端的女性形象,表现出他们对女性的偏见,他们不能接受女性积极向上的生活方式,从而对女性角色设定存在主观偏见(王艳峰,2009)。总之,完美无瑕的天使和坏恶魔,不是人的形象,卡翠娜那样完美的人性已经无用了。在这一点上,作者可能有意识地夸张了男权的意识,或者有意识地保护家长制,卡尔切恩所创造的两个虚假图像不存在于客观现实中,因此也缺乏一定的哲学意义。想要让卡翠娜永远保持、展示美德,随着社会进步和发展,这只能是一个空想。

3.从女性主义文学批评的视角解读《睡谷传说》中的女性形象卡翠娜

欧文最著名的作品是《见闻札记》,起初在纽约和伦敦出版,短篇小说中的故事情节引人入胜,而《睡谷传说》中,男性无疑是故事的主角,女性角色与男性人物的对比更是凸显了男性人物。

可以看出,欧文的这部作品对女性角色有了别致的描绘,但也没能跳出"天使与恶魔"的格局:卡翠娜像神话中的天使,是一个男性的附属品。本文将讨论这个女性形象。《睡谷传说》的灵感来自欧洲民间传说,小说《睡谷传说》中的主要角色不是原始的美国本土人物,在一定程度上,"传说中的山谷"是欧文"老瓶装新酒",但这并不影响其作为美国经典文学作品的地位(高庆选,2007:81—83)。小说中提到的睡山不是由欧文创造的,而是纽约州东南部的峡谷。塔里镇是荷兰殖民者沿哈德逊河建立的早期的定居点之一。在几次更换统治者之后,这个地方成为今天美国领土的一部分。《睡谷传说》被视作开启美国文学传统的小说，不仅呈现了美国历史的发展，是简朴自然的真实记录，而且在历史、意识形态和主观上也具有独特的价值取向，所以有非常广泛的文本内容（李玲，2011:93－97）。如果伊卡拉布德代表着美国人的精明，那么布鲁姆就代表着他们的勇敢、自信。读者在欧文的作品中可以看到轻松幽默的风格和对美国生活的呈现。

乍一看，这部小说像写一个男性的个人经历，随着阅读的深入，读者将发现，小说中的女主角卡翠娜是整个故事的核心。因此，卡翠娜不是故事发展的调味品，她的行为直接影响男性人物的行动。卡翠娜是伊卡布尔德的学生之一，十八岁，在家里是父母的掌上明珠，在外也相当闻名，"她不但看起来很漂亮，而且还会继承大量遗产"。卡翠娜的美丽和财富使她在当地无人能及，她因此成为许多年轻男孩的目标，其中包括伊卡拉布德和布鲁姆。卡翠娜也是一个精于算计的女孩，她的父亲"爱他女儿甚至超过他的烟斗"，所以允许她自己做出一切决定。她的母亲认为女孩子需要自我珍重，生活中需要被照顾。面对伊卡拉布德和布鲁姆等人的追求，卡翠娜镇定自若，她在聚会上高兴地成为伊卡拉布德的伴侣，并抛媚眼，喜笑颜开，这使伊卡拉布德很开心。在小说最后，伊卡拉布德受"无头骑士"的攻击，消失了踪迹，布鲁姆与卡翠娜成了一对。这是一场很好的比赛，卡翠娜并非其母亲所说的"傻瓜"，而是一个精于算计的女孩，知道如何满足自己的内心需要，善于掌握自己的心态。卡翠娜不仅拥有美丽和财富，还不乏智慧和精明，这种"内在和外在"兼具的角色让年轻人无法不把她当作一个美丽的天使。

作者在叙述伊卡拉布德、布鲁姆和卡翠娜的爱情冲突时并没有忘记评论。"我认可这种观点，我不知道如何得到一个女人的心，单对我而言，这总是一个神秘的事情，令人向往。"这句话来自叙述者伊卡拉布德。对于伊卡拉布德或作者来说，这个女人是一个未解之谜。提到这一点，不得不说小说开始时对女性的描述，如"天使"和"恶魔"，虽然表现了作者自己的见解，但是还是存在一定的偏见。从对卡翠娜的描写中，欧文也给我们展示了这一点。欧文在创作《见闻札记》之前失去了心爱的未婚妻，所以终生没有结婚，因此他对女性的态度更为复杂和矛盾：他笔下美丽年轻的女孩似乎都有一个不符合世俗规范的理想主义的梦想，但现实又不允许其实现梦想。

结　语

欧文在小说中对女性形象的"妖魔化"或"天使化"的个人描述,反映了西方男性普遍深刻的心理印象。在男性和女性、天使和恶魔以及一系列相互冲突的对象之中,男人无疑是一个强大的群体,他们不仅依靠权力来统治物质世界,还建立了一套男性话语体系,导致女性的地位被边缘化。欧文所处的时代正是美国民族意识萌芽的时代,男人主宰物质和精神上的一切,所以作家"总是表现出强烈的男权与男性话语意识"。通过女性主义的文学批评视角分析《睡谷传说》,进一步解读卡翠娜的形象,我们可以对这一现象进行深入了解。

参考文献

BEASLEY C.What is Feminism? [M]. New York:Sage,1999.

高庆选.人物的原创与作品的原创——读华盛顿·欧文的《睡谷传说》[J].西安外国语大学学报,2007(4).

李玲.历史书写和荒野意识:《睡谷传说》的多重文本内涵[J].湖南大学学报(社会科学版),2011(5).

罗婷.女性主义文学批评在西方与中国[M].北京:中国社会科学出版社,2004.

魏天真,梅兰.女性主义文学批评导论[M].武汉:华中师范大学出版社,2011.

王艳峰.从依附到自觉:当代女性主义文学批评研究[M]上海:上海交通大学出版社,2009.

向镜霖.浅析欧文的短篇小说——从《瑞普·凡·温克尔》和《睡谷传说》说起[D].成都:西南交通大学,2001.

外 国 语 言 文 化 传 播 研 究 （ 第 一 辑 ）

影视剧翻译理论与技巧

译剧译生活　亦剧亦生活

◈　刘姗姗

1.影视剧翻译的定义与研究现状

影视剧翻译是诸多翻译类型中的一种。要想弄清楚影视剧翻译的定义,首先必须对影视剧本身有清晰深入的认识。

这里所说的影视剧指的就是电影和电视剧,而电影和电视剧的呈现方式是由声音和画面构建起来的。画面的表意是直白的、无国界的,而声音的表意是通过语言实现的。更重要的是,不论电影还是电视剧,其传递信息的功能都极大地依赖于有声语言。现在不是默片时代,影视剧早已离不开语言的支撑。正是这一点使影视剧有了被翻译的必要性,也使翻译有了明确的目标和对象。也就是说,影视剧翻译的任务就在于翻译其中的语言。

影视剧的翻译之所以重要,是因为翻译活动是文化与传播的集合体,翻译本身就是一个跨文化交际的过程(麻争旗,2001:53)。翻译活动在中国的发展可谓源远流长,其在中外跨文化交际中发挥的作用亦是举足轻重的(Jinghua,2006:84)。影视剧要想在跨文化传播中发挥作用,翻译工作乃是重中之重。近年来,很多学者都致力于影视剧翻译的研究。其中,有较为传统的以翻译理论为基础的研究,如山西大学的李娜(2015)以国产电视剧《后宫甄嬛传》的日译字幕为例,探讨了影视剧字幕翻译中对归化和异化策略的运用及其产生的不同效果;权循莲和叶小宝(2015:159)的研究则是基于勒菲弗尔的翻译改写理论分析影视剧名的改写翻译背后的影响因素;张家瑞和关玉红(2016：263)则把研究的着眼点放在影视剧中的幽默手法上,从功能翻译学的角度,探析了德国功能派理论在影视剧字幕翻译中的应用。此外,还有不少学者借用语言学的理论来研究翻译技巧和策略,出现频率最高的当属关联理论。曾华(2006)、王红霞(2009)、刘晓双(2016)等都是从关联理论的视角探讨如何在影视剧的字幕翻译中找到最佳关联。

前人的研究无疑是意义深远的,但他们对影视剧翻译的认识仍不够深入和彻底。他们将影视剧的翻译与影视剧字幕的翻译等同起来,而不是将翻译过程视为一种具有艺术性的创作和表达过程。影视剧的语言是活生生的人演绎出来的生动的语言,因此,在翻译时也应保留这种风格。对影视剧的翻译应跳出对文字的研究,而更多地关注实际语境,这样才能使翻译最大限度地还原最真实的生活情境。

2.影视剧翻译实践中的问题与对策

说到影视剧翻译,很多人会自然而然地将它等同于字幕翻译。殊不知,这正是当前影视剧翻译所面临的最严峻的问题。准确地说,字幕翻译是影视剧翻译的一种或是一部分,影视剧翻译同时还包括配音翻译。需要强调的是,真正合格的影视剧翻译并不是那种粗糙的、码字式的翻译,而是根据画面、情境,结合译入语的文化背景和表达习惯,对源文本进行的功能对等式的翻译。这种翻译方式使译文最大限度地适应作品的情境和语境,以帮助观众毫无障碍地理解作品想要传达的意思。

然而,目前很多影视剧的译后效果都不尽如人意,特别是很多英译汉的影视剧。很多字幕组一味追求速度和金钱,翻译出来的影视剧看起来让人费解,听起来不像人话,影响了观众的观赏体验,甚至拉低了观众整体的鉴赏水平。更严重的是,翻译质量较差的译文有可能直接影响观众特别是未成年人的母语表达水平和习惯。有不少作品的翻译质量欠佳,这是因为翻译者自身在语言表达方面存在不足、欠缺影视剧翻译知识。

翻译影视剧并非易事。影视剧的语言有其独特之处,这也是由影视剧的本质特征决定的。影视剧是一种艺术形式,是戏剧的一种。因此,其语言是戏剧化的、文学化的。因为戏剧情景和文学故事都是源于生活而高于生活的,所以其语言的基本特征之一就是生活化。把这一特征对应到影视剧的翻译中,我们就不难理解,影视剧翻译的基本原则之一就是要生活化。

因此,影视剧翻译者们任重而道远。除了要避免市场消极因素的影响,还要提升自己的语言表达水平和对影视剧翻译的认识。在翻译的过程中,译者其实是在完成一项再叙述的工作,翻译的过程就是叙述的过程(Bernaerts et al. 2014:203)。只有把握好影视剧翻译的基本原则和特征,才能在翻译过程中自然而然地加以应用,才有可能更好地锤炼语言,取得更好的译后效果。在诸多原则中,语言的生活化是译者必须牢牢把握的重中之重。

3."邻居谈话法"在影视剧翻译中的应用

3.1 "邻居谈话法"定义

语言生活化是影视剧本身的特征之一,也是影视剧译文所应呈现的重要特征。在影视剧翻译过程中,要真正实现语言生活化,并不像说起来那么简单。麻争旗(2013)在经过多年的深入研究和经验总结后,提出了"邻居谈话法"。这一深入浅出的提法是对"生活化"的独特阐释。它用一种更加生动形象的说法道出了语言生活化的核心,也为呈现这一语言特征指明了方向。

所谓"邻居谈话法",就是说译文的语言表达,要像人们日常的口语交际一样,听起来合情合理、贴近生活,如同在跟自己的邻居聊天一样自然而又真实。

3.2 个案分析——以《百万美元宝贝》为例

本文以电影《百万美元宝贝》的部分台词的翻译为例来说明"邻居谈话法"这一原则在影视剧翻译中的应用。

《百万美元宝贝》片段1：

People love violence.

They'll slow down at a car wreck to check for bodies.

Same people claim to love boxing.

They got no idea what it is.

Boxing is about respect.

Getting it for yourself...

...and taking it away from the other guy.

译文1：

人们热爱暴力。

他们会在车祸现场放慢车速去看死伤的人。

他们也同样热爱拳击。

但他们并不是真的懂拳击。

拳击关乎尊重。

为自己赢得尊重……

……而拿走对手的那一份。

译文2：

人们喜欢暴力。

遇到车祸就想看看热闹。

大家都说喜欢拳击。

可谁都不懂拳击是什么。

打拳击，打的就是尊严。

打来自己的尊严……

……打掉对手的尊严。

这个电影片段是艾迪的一段独白，虽不是口语交际，但同样像朋友在唠家常一样，将一件事娓娓道来。在翻译中，译文1虽然不是完全字对字地直译和码字,但也没能摆脱原句式的限制,显得有些僵硬,读起来很别扭,完全没有生活的味道。例如:"他们会在车祸现场放慢车速去看死伤的人"译得过于冗长,不符合日常说话的节奏;"热爱暴力"译得有点夸张,不符合人们真实的生活状态;"他们"这个主语在有了"人们"之后又连续出现了三次,违背了汉语口语的表达习惯;"拳击关乎尊重"也译得很书面化,不像日常口语的表达。而在译文 2 中,这些问题就得到了很好的解决。例如:对主语"they"的重复做了巧妙的处理;"打"字的重复使用让译文读起来朗朗上口,自然流畅,同时又十分契合艾迪这个人物的性格特征。在取得"邻居谈话"效果的基础上还能凸显人物性格,比简单的邻居谈话又提升了一个境界。把人看成实实在在的生活中的人,才能真正做到语言的生活化。

《百万美元宝贝》片段 2:

— Did you happen to see it?

—Nope.

—I did pretty good.

　　Thought you might be interested in training me.

— I don't train girls.

— Maybe you should. People see me fight say I'm pretty tough.

译文 1:

——你有没有正好看了我的比赛?

——没有。

——我干得不错。

　　我想你也许有兴趣训练我。

——我不训练女孩子。

——也许你应该试试,看我打过的人都说我很凶狠。

译文 2：

——你看过我的比赛吗？

——没有。

——我打得挺好的。

你收我为徒吧。

——我不收女徒弟。

——收我不后悔，他们都说我特猛。

这个片段是电影中拳击教练弗兰基和女拳击手麦琪的一段对话。短短几句话，译文 1 和译文 2 却有很大差别。译文 1 完全是字对字的直译，因此译出来的汉语句式也跟本来的英语句式相对应，根本没有考虑人们在日常口语交际中的表达习惯。而译文 2 就十分符合人们日常交流时使用的句式和措辞。

例如：译文 1 把"happen to see"译成"正好看到"，在汉语中人们不常这么说，而译文 2 则没有把"正好"译出来，既压缩了译文的长度，使节奏更加对应原文，也使译文充分适应了中国观众的日常表达习惯；译文 1 把"I did pretty good"译成"我干得不错"，这就是在码字，没有考虑到麦琪的拳击手身份，在这样的语境中，她所谓的"did"其实就是打拳击，而译文 2 则用了一个简单的"打"字将表意明确化，同时也更生活化；译文 1 把"train"直译成了"训练"，不符合打拳击的语境，没能真实、准确地传达原句的意思，也就更谈不上生活化了，而译文 2 则译成"收徒弟"，而且三个"收"字前呼后应，使句义流畅连贯，语言更有表现力；"Thought you might be interested in training me"一句原本就不是完整的句子，语速也特别快，而译文 1 却将它译成了一个完整且书面化的句子"我想你也许有兴趣训练我"，这不像是邻里间的谈话，更像是在小心翼翼地写一封申请信，译文 2 则巧妙回避了这些问题，一句干净利索的"你收我为徒吧"把麦琪的愿望和心情都表现得恰到好处；在译文 1 中，最后一句也被完全直译成"也许你应该试试，看我打过的人都说我很凶狠"，这样不仅把句子变得冗长，节奏被大大拖延，而且也不符合麦琪干练的性格特征，不符合她当时的急切心情，而译文 2 就通过恰当的省略和意译，大大简化了句子结构，也使生活化的特征完美地体现了出来。

《百万美元宝贝》片段 3：

— What the hell kind of language is that?

— What do you want?

— I thought you might like to know you got a fighter out there...

...not talking to another manager.

— Not talking to another manager?

— And not just any manager.

Mickey Mack.

译文 1：

——你一个人叽叽咕咕念什么呢？

——你来干吗？

——我是想告诉你，你的拳击手里有个人不跟经理人说话。

——他不和经理人说话吗？

——而且还不是别人。

是米奇·麦克。

译文 2：

——念什么玩意呢？

——有事吗？

——你知道吗，你那宝贝拳手不和经理人说话。

——不和经理人说话？

——你知道是谁。

就老麦嘛。

这段对话是电影中拳击教练弗兰基和多年的好友艾迪的闲聊，实际上是艾迪有意给弗兰基打小报告，而弗兰基却明知故问地装糊涂。译文 1 的语言虽然已经在很大程度上具备了生活化的基本特征,但仔细读来就会发现,它的句式和措辞并不自然,不像两个关系很好的朋友之间的对话,而像是员工在正式地跟老板告状;而译文 2 则是高度生活化的语言,不仅句式零散("念什么""有事吗"),措辞活泼("玩意""宝贝拳手""老麦"),而且每一句都比较短,节奏与原文相符("念什么玩意呢?"),同时还赋予了语言与语境相适应的人物性格特征("玩意""有事吗"),还原了原句中的隐含意义,使译文隐中有显、显中有隐,不仅没有破坏真实的语义,还让语义更加连贯,这体现了译者对语言意蕴的掌控和适度的自由发挥,是对语言生活化境界的又一个提升。

由此可见,"邻居谈话法"在影视剧翻译中的应用应该是无处不在、无时不有的,它是实现译文语言表达口语化和生活化的有效途径。同时,通过以上的个案分析,我们也会发现,"邻居谈话法"或者说"生活化"并不是一个空泛缥缈的概念,更不是一种虚妄不实的要求。相反,它对影视剧的翻译要求是随具体情境、语境的变化而变化的。

结　语

影视剧翻译是文学翻译的一种,其源文本自身的戏剧性、文学性和艺术性要求译文的语言具备"生活化"的基本特征。这对译者来说无疑是一种挑战。为了更好地实现这一目标,使用"邻居谈话法"不失为一个好对策。

"生活化"看似是一个模糊的标准,实际上却会在具体语境中得到细化。对于每一个场景的翻译,所涉及的不仅仅是句式和措辞的口语化、生活化,而且还包括节奏、语气、心情、人物性格等诸多方面的对应问题,因为要想还原真实的生活场景,就必须考虑到场景中所涉及的每一个要素,不仅仅是语言要素,还包括影响语言表达的其他要素。如果忽略了这些细节,那么所谓的"生活化""邻居谈话法"只能打磨出一个翻译的半成品,最后甚至可能会沦为一纸空谈。

有趣的是,生活化的语言并不是固定的。翻译只能是一个无限接近原意的过程,译者只能尽可能地去实现功能对等,而不会有一个标准答案或是最佳答案。因此,不同的译者会译出不同的版本,也不可避免地会带有个人的翻译风格,但这并不影响译者对语言"生活化"的追求和对"邻居谈话法"的应用,反而赋予了译者发挥主观能动性的自由和空间。优秀的译者不仅能将译文打磨到真实自然的生活化状态,甚至还能将它锤炼至新的境界,使译文读来好似回炉再造,但又原汁原味。

参考文献

BERNAERTS L,BLEEKER L,WILDE J.Narration and translation [J]. Language and literature,2014,23(3).

FAN J.Translation in China [J]. Theory,culture and society,2006,23(2).

李娜.影视剧字幕翻译的归化与异化——以国产剧《后宫甄嬛传》日文版为例 [D].太原:山西大学,2015.

刘晓双.关联理论视角下影视剧的字幕翻译研究——以《破产姐妹》为例[D].长春:吉林大学,2016.

麻争旗.翻译与跨文化传播 [J].北京第二外国语学院学报,2001(6).

麻争旗.英语影视剧汉译教程[M].北京:中国传媒大学出版社,2013.

权循莲,叶小宝.影视剧名翻译改写背后的操控因素探析[J].现代传播,2015(12).

王红霞.从关联理论看影视剧字幕的翻译 [D].上海:上海外国语大学,2009.

张家瑞,关玉红.浅析德国功能派在影视剧翻译中的应用——以德国情景喜剧《屌丝女士》为例说明幽默的翻译策略 [J].高教学刊,2016(20).

曾华.从关联理论看影视剧字幕的翻译 [D].长沙:湖南师范大学,2006.

期待视野视角下的庞德英译《长干行》接受研究

◈　张文莹

引　言

庞德,美国意象派先锋诗人,其作品对于欧美各个国家现代主义思潮的形成和发展都有着十分重要的作用。他的英译《长干行》收录在其 1915 年出版的《华夏集》内,一经出版,便引发了学界热议。庞德在创作《华夏集》时,参考汉学家厄尔斯特·费诺罗萨关于中国诗歌的日文笔记,从中挑选了 19 首英文诗,其中一首便是《长干行》。庞德英译《长干行》从翻译学角度看更像庞德自己的再创作,而不是一首严格意义上的翻译诗,因此引来不少反对的声音。然而这首诗曾被西方评论家誉为"20 世纪美国最美的诗歌"(Jin, 2003),并最终被收录于美国十个经典系列之中,其中的变化值得仔细思考,变化的原因绝非三言两语所能道尽。继承与创新、接受与突破,庞德所翻译的《长干行》留给人们的思考太多太多。本文试图从姚斯的接受理论入手,研究不同时期读者对其英译诗歌的接受态度,并分析其产生的原因。

我们在对庞德英译《长干行》进行研究时发现,已有研究主要集中在两个方面。一是分析其中的翻译误译,如从庞德英译《长干行》中的"解构"痕迹、译者的主观艺术再创造、汉诗的创意英译、目的论视域、翻译目的论和忠实等效的角度对译文进行了分析。二是对其翻译美学及中西文化的分析,从庞德英译《长干行》的意象派风格、互文性理论、意象主义的形诗意向、多维艺术综合、中西方意象差异和中诗英译中语篇连贯的重构角度对庞德的译文进行了分析。由此不难看出,我国学者对庞德英译《长干行》的研究还

处于起步阶段,局限于对其翻译理论的研究和美学文化研究。本文突破性
地以姚斯的接受理论为视角,从接受视野的角度分析不同时期读者对庞德
英译《长干行》的接受度,考察读者接受视野的悖离与融合,进一步深化了对
它的研究。

1.接受理论与期待视野

姚斯在其《接受美学》中突破以往的局限,以受众和接受为出发点,将读
者置于文学活动的中心位置。他提到,如果接受者没有积极参与,文学作品
的历史生活就不可能存在。因为只有通过读者对文学传播过程的思考,一
个作品才能进入一个连续的经验体验当中。在读者的阅读过程中,从简单
的接受到批判性的认识会永远发生着,这也包括从被动到活跃、从已有的审
美标准到产生新的审美标准的过程(姚斯、霍拉勃,1987)。

同时,姚斯还在书中提出了一个新的重要概念——"期待视野"。期待
视野是指读者依据已有的思维定式或先在结构,通过已有的文学阅读经验
来阅读作品。读者在阅读作品之前表现出的这种定向性期望,既是阅读和
理解实现的基础,又体现了其局限性。他在《文学史作为向文学理论的挑
战》(1987)中表示,新作品的艺术特征并不会立即在其首次出现的领域被看
到……新作品和它们的第一读者有着十分遥远的距离,读者需要更长的时
间来接受在第一视野中消化这些意料之外的事情。这样一来,作品的基本
意义就需要很长时间被感知,直到"文学演变",通过现实的更新获得理想的
视野,让人们消除对旧形式的误解。在他看来,期待视野具有以下三个特
点:期待视野在某一具体时段内是有限的;期待视野随时代变化而不断发
展;期待视野随着理解的过程不断对象化,而且这是个动态过程。

我们根据姚斯的理论可知,读者在阅读任何作品之前,都处于先在理解
状态。文学作品的意义源于受众已有的期待视野和文学文本之间的相互作
用。如果没有这样的先在理解或先在知识,任何文字都不能被经验接受。

庞德英译《长干行》经过读者期待视野的悖离与融合后,为大众所普遍
接受。

2.初期期待视野的悖离

姚斯说，一部新的作品即使以全新的姿态出现，其新形象的信息也不可能在真空中显现出来。新的作品总是处于作品与接受者碰撞的过程之中。因此，接受者总是处于自有状态的更新之中。

庞德英译《长干行》1915 年 4 月在伦敦出版后便引发社会热议，在翻译界、诗学界、美学界引起了广泛研究和讨论。英美诗人对于该译本的反应可以从迈克尔·亚历山大（1979）的叙述中看出。他说：几乎所有的现代主义者，包括叶芝、艾略特、刘易斯、福特和威廉斯，都赞美他的清新、美丽和简略。特别是与庞德同时期的另一位现代主义代表诗人艾略特，他在 1928 年为庞德诗集作序时，赞誉庞德为"我们这个时代中国诗歌的发明者"，也预言《华夏集》三百年后会是"20 世纪诗歌的典范"。与此相反，另一些权威的读者，即美国汉学家，对其英文翻译有着截然不同的看法。哈佛大学汉学家方志彤（Achilles Fang）在他的 *Fenollosa and Pound* 中一个接一个地指出《华夏集》的翻译不符合原文的地方；同时李盆体（Pen-ti Lee）、唐纳德·默里（Donald Murry）和理查德·本顿（Richard Benton）也著文批评庞德译文与原文不符的地方（钟玲，2003）。汉学家谢文彤（Hsieh Wen-Tung）则认为，庞德有自己独特的诗歌观点，其精确的判断足以弥补其翻译的错误；与此同时，另一位汉学家 Roy E Teele 也指出，庞德是一名翻译家，达到了比其他翻译家更高的水平（Yip，1969）。叶维廉表示，基于费诺罗萨的翻译，庞德的译文更能体现原诗的诗意和气质。同时，他也指出了《华夏集》的"内在思维形式"与其《诗章》思维方式间的呼应关系。在《诗章》中，他还引用了艾略特的著名评论——庞德是"中国诗歌的发明者"。这在很大程度上可以作为美国汉学家接受和承认庞德译文的论据。《华夏集》的艺术成就也颇受文学评论家的赞赏，比如休·肯纳在《庞德的时代》中将"中国诗歌的发明者"作为书的一章的标题。就连一向挑剔的翻译界也对其翻译思想给予了积极评价。

当时美国正处于新诗显现的时代，正是由庞德倡导的意向主义风行的时期。意象派诗歌提倡"直接处理'事物'，无论是主观的还是客观的""绝对不使用任何无义于呈现的词""至于节奏,用间接性短语反复演奏,而不是用节拍器反复演奏来进行创作",这对之前的格律诗是一种冲击。庞德英译《长干行》与传统翻译诗不同,更多地加入了他自己的创造。这对当时的翻译界也是不小的冲击。庞德的翻译与读者的期待相反,破坏了读者以往的认知,让读者形成了对诗歌的新认识。

3.后期期待视野的融合

新的文本让读者在阅读过程中修改或改变了先前的期待视野,从而产生了经验背景下的新的美学体验。在这个过程中,对文学作品的接受已经成为读者期待视野的融合过程,这个过程也是生成意义的过程。人们的期待视野与新作品的差异促使审美距离产生。每次接受新作品都会否定以往的经验,再通过新的经验来产生新的意义,从而促成"视野的变化"。

庞德英译《长干行》是经过 20 世纪 50 年代美国文学筛选,在读者期待视野融合过程中逐步确立其地位的。1954 年,在奥斯卡·威廉斯出版的《袖珍本现代诗》中,庞德的英译《长干行》也在其中,代表了 50 年代公认的 20 世纪重要的英美诗人作品,这是收录的唯一的翻译诗。威廉斯的另一本书《主要美国诗人》也收录了该翻译诗。随着时间的流逝,学界逐渐接受了庞德英译《长干行》。它还出现在 1976 年维斯顿出版公司出版的《理解诗歌》中。该书另一权威选本(编者为 Cleanth Brooks 和 Robert Penn Warren,1984 年出版)中,作为庞德唯一的代表作,这首英译《长干行》被列入其中。1998 年,由美国桂冠诗人约瑟夫·布罗茨基创建的"美国诗人与文学普及学会"选编的,多佛公司出版的《英美诗歌五十年》,是大众普及本,类似于中国的《唐诗三百首》,其中有两首庞德的诗,分别是《在地铁站》和这首英译诗。由此可以看出这首诗在大家眼中的地位和庞德代表作平齐了。同年出版的《诺顿美国诗选》也收录了该诗。近 20 年来,这首诗无一例外地被收录在《诺顿美国文学集》的各种版本中。正如钟玲所说,这本《诺顿美国文学集》在全球的广泛认可度和传播度人所共知,不仅各大图书馆均有馆藏,而且是各大学教授美国文学的常用课本。

在庞德英译《长干行》中，多次用到了短句，如"being bashful""lowing my head""called to""thousand times"，以此来体现少女的娇羞感。与庞德同时期的汉学家韦利对"十四为君妇，羞颜未尝开。低头向暗壁，千唤不一回"两句的翻译是"At fourteen I became your wife; I was shame-faced and never dared smile. I sank my head against the dark wall; Called to, a thousand times, I did not turn."因用词老练，故失去了少女娇羞感。意象的营造是庞德诗学的核心。他追求的意象是具体、准确、直接的。"在一生中创造一个意象比制造汗牛充栋的著作更为重要"。在该诗中，庞德创造了一个又一个生动活泼的意象。青梅竹马的玩伴，娇羞的新娘，两情相悦、举案齐眉的夫妻等人物跃然纸上。人们的期待视野随着该英译诗经典化的过程，逐渐与之融合，这首英译诗也逐渐为大众所接受。

姚斯曾经说过，一个作品期望视野的艺术特征可以根据其预定读者的影响类型和等级来确定和判断。文学作品的艺术特征可以由读者的期待视野与作品文字之间的距离，熟悉的审美经验以及对新作品的期望来决定。鉴于此，读者的期待视野和文学作品的距离可以作为确定文学价值的标准之一。

作品的期待视野允许人们根据作品的默认读者类型和影响程度来确定作品的艺术特征。视觉与作品之间的距离，熟悉的美学体验和新作品之间的距离——"视野中的变化"决定了文学作品的艺术特征。一部好的作品首先要打破读者期待视野，之后与之悖离，最后逐渐融合，为大众所接受。庞德英译《长干行》就是在这个过程中成为经典之作的。

参考文献

ALEXANDER M. The poetic achievement of ezra pound [M]. Berkeley: University of California, 1979.

JIN D.Literary translation: quest for artistic integrity[M]. Manchester: St. Jerome Publishing, 2003.

KENNER W.The poetry of ezra pound [M]. New York: Kraus Reprint, 1951.

KENNER W.The pound ezra[M]. California: University of California Press, 1972.

POUND E.ABC of reading[M]. New York：New Direction，1951.

POUND E. A retrospect. literary essays of ezra pound ［M］. Westport CT：Greenwood Press，1979.

YIP W. Ezra pound's cathay ［M］. Princeton：Princeton UP，1969.

姚斯，霍拉勃.接受美学与接受理论[M].周宁，金元浦，译.沈阳:辽宁人民出版社，1987.

钟玲.美国诗与中国梦[M].桂林:广西师范大学出版社，2003.

《疯狂动物城》译配中的语言顺应

◈ 朱 堃

引 言

2016 年 3 月,迪士尼动画片《疯狂动物城》以生动幽默的故事、优秀的制作吸引了众多观众,在全球取得了巨大的成功。在中国内地收获了高达 15 亿元人民币的票房,打破了动画电影在中国内地的票房纪录。除此之外,电影还获得了极好的口碑,得到国内外媒体和观众的一致好评。其中,特别值得一提的是汉语配音版的译制语言,高水平的译制语言是配音版电影获得成功的一个重要因素。

本文运用比利时语用学家耶夫·维索尔伦的语言顺应理论,研究译者在《疯狂动物城》配音翻译中的语言选择,分析该片译配中取得的"异口同声""言如其人"和"脱胎换骨"效果,找出该片配音版受到大众欢迎的原因。

1.影片简介

在动物城里,没有人的存在,动物们过着拟人化的生活。每种动物都有着与众不同的生活方式。兔子朱迪个子虽小,却从小立志成为动物城史上第一位兔子警官,她惩恶扬善,助人为乐,正直勇敢,不畏艰险,努力让世界变得更加美好,但当她付出比别人多的努力,克服了重重困难,从动物警察学校毕业,来到了她梦想中的动物城后,却不受上司重视,被派去当交通协管员。为了帮助他人,同时证明自己的能力,从而获得上司牛局长的信任,她主动请缨,接下一宗失踪人口案件。上司要求她在短时间内侦破案件,否则就开除她。调查刚开始,朱迪便无奈地和狡猾至极、经常坑蒙拐骗的狐狸尼克成了搭档,联手破案。在破案的过程中,朱迪和尼克逐渐消除了对彼此的偏见,成为患难与共的好朋友。历经千难万险,朱迪和尼克破解了谜案,找到了失踪的所有动物,解除了动物城的危机。影片最后,朱迪成了一名真正的警察,不再是交通协管员,尼克也加入了警察队伍,成了第一名狐狸警官。

2.语言顺应论简介

1987 年,语用学家耶夫·维索尔伦在《语用学:语言适应理论》中提出了语言顺应论,用全新的视角来诠释语用学。1999 年,他在《语用学新解》中进一步完善和发展了该理论。维索尔伦认为,人们使用语言的过程是语言使用者根据交际语境和交际对象的变化而不断做出语言选择,以达到交际意图的过程。[①] 语言的使用就是"一个不断选择语言的过程,不论这种选择是有意识的还是无意识的,也不论是出于语言内部还是语言外部的原因"(Versehueren,1999:55—56)。

"语码是语言中任意的显著的变量,包括一系列的选择,如社会等级、功能和特定的语境等。文体则是对语言变异的描述,包括日常用语和正式用语。"(Verschueren,1999:118)在译配过程中,译者应该选择特殊的语码和文体以与原影片中演员的口型和动作等保持同步,顺应目的语观众的习惯和影视文本。译者不仅要考虑到语言内部因素,还要考虑到原影片中演员的动作、面部表情和口型等语言外部因素。译者应该选择合适的语言来顺应各种因素。"时间、地域和社会等级这三个因素可以区分语言使用者。"(T. Bell,1990:184)语言使用者不一样,其使用的语言也不一样,一般可分为"标准方言、地域方言和社会方言"(Verschueren,1999:116)。在电影配

---

① 维基百科"语言顺应论"词条[EB/OL].[2017-05-12].http://www.baike.com/wiki/.

音的过程中,首先,译者要为影片中的不同角色选择具有不同特点的语言。其次,配音演员要用这些具有特点的语言将角色演绎出来,体现角色的性格、背景等。影片译配过程中,译者和配音演员既要顺应影片的角色要求,又要考虑到配音固有的限制和特点以及目的观众的接受水平。综上,从语码和文体选择角度出发,电影译配所应取得的效果可以用三个成语来概括:"异口同声""言如其人"和"脱胎换骨"。"异口同声"强调声音和口型一致,顺应配音本身的限制和特点;"言如其人"强调配音翻译应还原影片中角色的性格特点,顺应角色要求;"脱胎换骨"要求译者结合源语言和目的语的文化背景,顺应目的语文化,不拘泥于直译,创新翻译,实现还原再创作。本文将运用语言顺应理论具体分析《疯狂动物城》的译配在这三方面取得的效果,从而找出该片配音版受到大众好评的原因。

3.配音翻译中的语言顺应

除了剧情吸引人外,汉语配音版《疯狂动物城》的译制语言也给观众带来了巨大的惊喜,有很多出彩之处,获得了观众和媒体的高度评价。

3.1 影片名翻译

译制片不可避免地要对电影名进行翻译。电影原名"Zootopia"被译为"疯狂动物城",引发了网友激烈的讨论。英文"Zootopia"是对"Utopia"的戏拟,"Utopia"被译为乌托邦,观众对此很熟悉。有人认为"Zootopia"可以译为"物托邦","物"是"乌"的谐音,而且和"zoo"也押韵,观众根据"物托邦"大概可以猜到影片叙述的故事与理想中的生活有关。其实不然,观众并不会轻易将"物"与动物联系起来,这种译法很牵强,而且如此一来,观众可能就不明白这部电影的主题是什么了,或许会觉得是一部艺术片,导致去电影院观影的欲望不够强烈。照目前市场需求来看,观众大都比较青睐商业片。艺术化的影片名反倒会影响票房。顾长卫导演经常说千万不要说他的片子是艺术片,因为观众不爱看。"疯狂动物城"这样直接指出"动物"的影片名更容易激发中国观众的观影兴趣,因为这个名字符合迪士尼动画在中国建立的文化品牌形象,而且迪士尼动画在中国早已拥有了固定的受众群。该影片名的翻译考虑了文化顺应,更能让中国观众接受。影片名的翻译对于电影的传播非常重要。"疯狂动物城"看似不如"物托邦"或者"动物乌托邦",但是它在一定程度上也为票房作出了贡献。

3.2 配音翻译

《疯狂动物城》的汉语配音版制作水准很高,对人物性格实现了高度的还原,并且进行了再创造。电影配音很专业,符合人物性格,让观众沉浸其中,有看原片的感觉。一般来说,一部好的译制片要做到以下三点:一是"异口同声",也就是要对得上口型,通常多使用四字格;二是"言如其人",做到还原人物形象,实现人物性格化;三是"脱胎换骨",做到还原再创作,在忠实于原片的基础上,结合中国文化做一些创新性的改变。总之,剧本翻译讲究"有味",演员配音要求"有神"。

3.2.1 异口同声

"异口同声"是对口型的要求,指"译制片中人物配音与原影片中演员的口型保持同步"(Herbst,1997:293),顺应配音的限制和特点。翻译时所选择的语码要与演员的肢体动作、口型和表情一致。"异口同声"既要求配音的起止与影片中演员口型的起止保持一致,又要求汉语的节奏与原语言的节奏保持一致。因此,译者必须注意配音翻译的长度和词语的选择,顺应原影片中的对话,保证口型一致。

(1)Judy:Hey! You heard her. Cut it out.

(朱迪:不许你这样,快住手!)

中英文音节差不多,最后的"out"和"手"口型也很接近。

(2)Gideon:Cause I'm a fox...

(吉丁:你别忘了,我是只狐狸。)

虽然中文比英文音节多,但是配音演员在语速上做了弥补,并且"狐"字和"fox"都被拖长,口型也接近。

(3)Judy:I won't let you down. This has been my dream since I
　　 was a kid.
　　 Bellwether:You know, it's a real proud day for us little guys.
　　 Mayor Lionheart:Bellwether, make room, will you? Come on.
　　 Proud day, Officer Hopps. Let's see those teeth!
　　 (朱迪:我不会让你失望的,这是我儿时就有的梦想。
　　 羊副市长:知道吗? 你可是我们小动物的骄傲。
　　 狮市长:腾个地儿,让让。合个影吧,警官,一起说茄子。)

这几句台词的口型基本都能对应,"茄子"和"teeth"最后的口型都很小,对应得很好。

(4)Nick:All right, look. Everyone comes to Zootopia thinking
　　 they can be anything they want. Well, you can't. You can
　　 only be what you are. Sly fox. Dumb bunny.
　　 (尼克:这么说吧,每个来到这儿的动物都以为自己能够脱胎换
　　 骨,但其实不能。你只能是你自己,狡猾的狐狸,愚蠢的兔子。)

"脱胎换骨"这一成语运用得很恰当,"狡猾的狐狸,愚蠢的兔子"两个定中短语结构对仗,配音演员在语速上与原版做了配合,口型基本能对应。

(5)Nick:Flash, Flash, Hundred Yard Dash! Buddy, it's nice to
　　 see you.
　　 Flash:Nice to... see you... too.
　　 (尼克:闪电闪电,好久不见,见到你真高兴,伙计。
　　 闪电:我也……很……高兴。)

尼克带朱迪去车管所请树懒闪电帮忙查车牌号时,他跟闪电打招呼"Flash,Flash,Hundred Yard Dash!",其中"Flash"和"Dash"押韵,中文配音也采用了同样的押韵方式,"闪电闪电,好久不见"中"电"和"见"也是押韵的,实现了基本的口型对应。由于闪电说话很慢,所以配音版模仿原版,一个字一个字地说,配音演员的声音也再现了树懒的慵懒,口型几乎完全对应。

3.2.2　言如其人

"言如其人"要求译配体现人物性格特征、背景。做不到这点会导致配音版无法还原原影片所传达给观众的信息。译者的翻译和演员的配音要互相配合,都要做到顺应角色的身份。

有人认为由小孩子为小时候的朱迪配音是影片最大的失误,因为小孩子说话有背书的腔调。笔者认为恰恰相反,小孩子说话的节奏与成人不同,这正是真实之处。再加上此处是朱迪在演一出舞台剧,说话方式自然和平时不同。从后面朱迪和吉丁以及父母的对话可以看出来,她说话的语音语调和舞台上有差别。这体现出汉语配音版译配团队十分注重细节,做到了顺应角色身份。影片中"言如其人"的译配随处可见。

(1)Gideon：Bunny cop? That is the most stupidest thing I ever heard!

Judy：It may seem impossible to small minds. I'm looking at you, Gideon Grey.

(吉丁：哈哈……兔子警官?这可是我听过的最傻的事儿了。

朱迪：在目光短浅的人看来是不可能,我就说你呢,小吉丁。)

吉丁是个随意欺负人的无赖,其实内心很自卑。小朱迪说出自己的梦想之后,他哈哈大笑,嘲笑小朱迪,认为她不可能当上警察。配音演员把这种情绪表达得很到位,不做作。而小朱迪坚定地要成为一名警察,改变世界,所以她用"目光短浅"来反驳小吉丁,并且直接点名。小朱迪的配音演员生动地体现出了小朱迪的性格特点,把她这样一个有梦想、不怕困难的角色塑造了出来。

(2)a. Gideon:Nice costume,loser. What crazy world are you living in where you think a bunny could be a cop?

(吉丁:制服不错,兔崽子,你脑袋是不是被门挤瘪了,以为兔子还能当警察呢?)

b. Gideon:You don't know when to quit,do you?

(吉丁:你是不到黄河不死心啊。)

小吉丁说话很不礼貌,用"兔崽子"称呼小朱迪,"你脑袋是不是被门挤瘪了"以及"你是不到黄河不死心啊"都是中文里常用的表达,生动地刻画出小吉丁的形象。

(3)a. Judy:The only thing we have to fear is fear itself.

(朱迪:我们唯一要害怕的就是害怕本身。)

b. Judy:Sir,I'm not just some token bunny.

(朱迪:局长,我不是只会花拳绣腿。)

朱迪受过良好的教育,她的语言与小吉丁不同。"我们唯一要害怕的就是害怕本身"这句话富含哲理,符合朱迪的形象。"花拳绣腿"这个成语的运用能够展现朱迪的学识。

(4)Nick:That is high praise. It's rare that I find someone so non-patronizing.

(尼克:你真是过奖了,像你这样不戴有色眼镜的人也不多。)

尼克本身的形象是聪明、温柔、成熟的坏男人,配音演员张震通过对整体的语感、语流、语言节奏的把握完美再现了尼克的形象。尤其是张震的音色表现出的痞气和狡猾,把尼克的形象刻画得十分传神。结合狐狸在冰棍店里受到歧视的语境来看,将"non-patronizing"翻译为"不戴有色眼镜的"比较准确,让中国观众很容易理解。

> (5)Benjamin Clawhauser:O...M... goodness! They really did hire a bunny. I gotta tell you,you are even cuter than I thought you'd be!
>
> (豹警官:哦,我的天啊,他们真的招了一只兔子,好萌! 我跟你说你比我想象中的还可爱!)

豹警官在影片中是一个爱吃甜甜圈的胖子警官,喜欢歌手夏奇羊,虽然是一只豹子,看起来却很温和。从他口中说出"好萌"这样的词来完全符合他在原片中的形象。

> (6)Judy:Hey,hey. No one tells me what I can or can't be. Especially not some...jerk who never had the guts to try to be anything more than a pawpsicle hustler.
>
> (朱迪:嘿! 嘿! 还没有人能对我的未来说三道四,尤其是那种没什么本事、只会用冰棍来敲诈、自作聪明的坏蛋小混混。)

朱迪因个子小在警察局不受牛局长重视,被派去做交通协管员,整天开罚单,郁郁不得志。而此时的尼克也认为朱迪不可能成为真正的警察,早晚会回到兔窝镇种萝卜。朱迪很气愤,不允许尼克对她的未来做出预测,"说三道四"能够体现出朱迪对尼克的不满。

3.2.3 脱胎换骨

汉语配音版中的语言有很多地方和原版不是完全对应的,配音制作团队进行了还原再创作。在不造成误会和文化冲突的情况下进行再创作往往会增加影片的价值。比如说《疯狂动物城》中大多数的人名翻译都没有采取直译,而是加上了动物的类别,和中国人的姓很接近,有的还加上了职称,符合中文表达习惯,顺应了中国文化。相比复杂的外国名字,中文名字更容易被记住。由于很多观众是儿童,人名的归化能够减轻观众的观影负担,增加乐趣。例如,Nick Wilde(尼克·王尔德)被译为狐尼克,Judy Hopps 被译为兔朱迪,Mayor Lionheart(狮心市长)被译为狮市长,Bellwether(领头羊)被译为羊副市长,Gazelle(小羚羊)被译为夏奇羊,这是根据演唱影片主题曲 *Try Everything* 的拉丁天后夏奇拉(Shakira)的名字翻译而来的。实际上影片中夏奇羊这个角色,也是根据夏奇拉本人的形象塑造的。汉语配音版的人名翻译考虑了观众的需求,进行了再创作,实现了"脱胎换骨",取得了意想不到的效果。

　　除了加上动物类别的名字之外,还有几个地方也体现了还原再创作。

(1)Gideon: Cause I'm a fox, and like you said in your dumb little stage play, us predators used to eat prey. And that killer instinct's still in our Denna.

Travis: Uh, I'm pretty much sure it's pronounced DNA.

Gideon: Don't tell me what I know, Travis.

Judy: You don't scare me, Gideon.

(吉丁:你别忘了我是只狐狸,就像你那个愚蠢的舞台剧里说的,我们食肉动物是吃兔子的。杀戮的本能还在 DAN 里。

催巴儿:呃,我记得那个词叫 DNA。

吉丁:我知道叫什么,小催巴儿。

朱迪:你吓不到我的,吉丁。)

　　为了方便发音,原版里的"Denna"被 DAN 所代替,毫无违和感。Travis 被译为催巴儿,催巴儿是北京方言,是指跑腿、小跟班。Travis 的第一个发音刚好和"催巴儿"相似。这是一个很典型的、成功的再创作例子。

(2)Judy's Daddy：Sure，yeah，we all do，absolutely. But just in case，we made you a little... care package to take with you.

Judy's Mommy：And I've put some snacks in there.

Judy's Daddy：This is fox deterrent.

Judy's Mommy：Yeah，it's safe to have that.

Judy's Daddy：This is fox repellant.

（朱迪爸爸：是，你说的我完全赞同，不过以防万一，我们为你准备了个爱心应急包。

朱迪妈妈：我还放了点零食在里面。

朱迪爸爸：强力防狐喷。

朱迪妈妈：有了它才安全。

朱迪爸爸：随身防狐喷。）

"fox deterrent"是大瓶装的"FOX AWAY"，威力大，被译为强力防狐喷，"fox repellant"是小瓶装的"FOX AWAY"，方便随身携带，译为随身防狐喷。

另外，*Try Everything* 整首歌曲以及"You can do nothing right"和"I'm a loser"这两句歌词被翻唱出来，而不是直接打上字幕，增加了影片的观赏价值。"你什么事都做不好""我好失败"刚好和故事情节相呼应，朱迪被分配去开罚单，没有成为真正的警察、实现自己的梦想，这让她想大声喊"我好失败"。歌曲产生了幽默的效果，让观众开怀大笑。对于不懂英语或英语水平不高的人来说，翻译后唱出来很有必要，否则会丢失原影片想传达的信息。文中出现的几处歌曲被翻译成中文演唱，显示出汉语配音版制作团队的用心。

综上所述，该影片译配在"异口同声""言如其人"和"脱胎换骨"三方面都取得了良好效果，这是其受到一致好评的原因之一。

3.2.4　不足之处

尽管《疯狂动物城》的译配有很多出彩之处，但与原版对照之后也会发现一些不足。有的无伤大雅,有的则需改进。

(1) Judy's Daddy：If you don't try anything new，you'll never
    fail.

Judy：I like trying，actually.

Judy's Mommy：What your father means，hon，is that it's
gonna be difficult，impossible even for you to become a police
officer.

Judy's Daddy：Right. There's never been a bunny cop.

Judy's Mommy：No. Never.

Judy's Daddy：Bunnies don't do that. Never.

(a. 朱迪爸爸:如果你不做新的尝试就不会犯错。

朱迪:可我就喜欢尝试。

朱迪妈妈:你爸爸的意思是当警察挺难的,甚至不可能,尤其是
对于你来说。

朱迪爸爸:没错,兔子从来不当警察。

朱迪妈妈:对。

朱迪爸爸:也当不了警察。

b. 朱迪爸爸:如果你不做新的尝试就不会失败。

朱迪:可我就喜欢尝试。

朱迪妈妈:你爸爸的意思是对于你来说当警察挺难的,甚至是
不可能。

朱迪爸爸:没错,从来没有兔子当警察。

朱迪妈妈:对。

朱迪爸爸:兔子从来不当警察。)

译文 a 是配音翻译,fail 并不是犯错的意思,相信朱迪的父母也不是担
心她会犯错,而是担心她会吃苦受伤、经历失败。"...it's gonna be difficult,
impossible even for you to become a police officer."这里也并没有强调朱迪

不可能成为警察，even 强调的是 impossible。译文 b 是译文 a 的修改版。

（2）Judy：Hello. Excuse me.

Owner of the ice cream shop：Hey，you're gonna have to wait your turn like everyone else，meter maid.

Judy：Actually，I'm an officer.

（朱迪：你好，对不起。

冰淇淋店店主：你得跟大家一样排队才行，往后站。

朱迪：其实，我是一个警察。）

"meter maid"是指处理违章停车的女警察，可以翻译为"交通协管员"，而配音没有译出来，直接省略掉了，之后加了"往后站"，导致下一句"其实，我是一个警察"显得很突兀，容易造成误会。如果不看后面的情节，观众会以为警察有特权，可以插队，或者用身份压别人。实际上是因为店主称呼朱迪"meter maid"，她才解释自己其实是警察。如果不加上"交通协管员"，此处意义就会发生改变。

（3）Judy：Sir. I don't wanna be a meter maid，I wanna be a real cop.

Chief Bogo：Do you think the mayor asked what I wanted when he assigned you to me?

（朱迪：长官，我不想当个交警，我想当个真正的警察。

牛局长：你觉得市长把你派给我的时候问过我的意见吗?）

此处牛局长的翻译台词与原文意义不符。朱迪告诉牛局长自己不想当交警，想当个真正的警察，牛局长反问朱迪"你觉得市长把你派给我的时候问过我想要什么样的下属吗?"言外之意即不是朱迪想要当警察就能当警察的。

不将配音翻译与原片对照的话，汉语配音版是非常成功的。因为一方面配音演员的音色都很适合角色,情感拿捏得很好,不会让观众有出戏的感觉;另一方面,配音翻译灵活运用各种俗语和成语,语言生动有趣,人名翻译有新意。只要汉语配音版能传达出原片要表达的主题,还原原片中的幽默,让观众能理解情节,那么观影时忽略掉一些小瑕疵,也能获得很好的观影感受。例如,这一部分的例(1)中,在观众不知道原片台词的情况下,配音比较符合中文表达习惯,能够清楚表达出意思,虽然与原片台词意思有出入,但这是人们可以接受的一种情况。而例(2)中的错误则可能会引起观众的误解,这种情况还是应该避免的。能省略的可以省略,不能省略的一定要翻译出来。例(3)中的错误,如果观众看得仔细的话也会觉得不连贯,虽然不影响理解情节,但这种错误也要尽量避免。译者需要投入感情,置身其中,再三揣摩,翻译完台本之后还要仔细核对。可请未参与翻译的人士进行校对,因为往往"当局者迷,旁观者清",这样做会有意想不到的收获。

结　语

《疯狂动物城》上映后,受到广大观众的欢迎和喜爱,取得了巨大的成功。汉语配音版制作水准高,给国内观众带来了惊喜,成为人们讨论的热点话题。本文运用语言顺应论来研究译者在翻译该片时的语言选择,对电影汉语配音版所取得的"异口同声""言如其人"和"脱胎换骨"的效果进行了分析。汉语配音版在这三方面取得了良好效果,这正是其受到大众欢迎的原因之一。同时,配音翻译也存在一些不足之处。一部好的配音片要求剧本翻译要有味,演员配音要有神(温健,2008)。该影片的配音演员非常优秀,但是在剧本翻译方面还存在些微不足。有的翻译错误,观众在不看原版的情况下不会发现,观影依然很顺畅,这类错误可以忽略,但是有的错误则会影响观众理解情节,甚至造成文化误解,必须避免此类翻译错误。

参考文献

BELL R T. Translation and translating: theory and practice [M]. London and New York: Longman Group, 1990: 184.

THOMAS H. Dubbing and the dubbed text-style and cohesion：textual characteristics of a special form of translation ［A］. In Text and Translation ［C］. Amsterdam：John Benjamins,1997：293.

VERSEHUEREN J. Understanding pragmatics ［M］. London：Edward Arnold Publishers Ltd.,1999.

温健.翻译要有味 演员配音才有神——论影视翻译的信、达、雅［Z］.第 18 届世界翻译大会,上海,2008.

字幕翻译的话语连贯探析

◈ 张 蕾

引 言

影视剧作为新媒体时代国际交流与传播的重要载体,正在蓬勃发展。而影视翻译研究也随之发展起来,成为翻译领域发展势头强劲的后起之秀。中国影视剧翻译研究起步较晚,但近年来发展迅速,2006－2012 年这 6 年间,国内有关影视剧翻译研究的文章数量大幅上升,2006 年和 2009 年都有数十篇论文发表,近两年则是上升到百位数(王云燕,2015)。

有关翻译的语篇语言学研究,在国内有着丰富的成果。在中国期刊全文数据库(CNKI)中检索的数据显示,国内有关"语篇语言学与翻译"的文章共 48 385 篇,其中期刊论文 26 727 篇,硕博士论文 17 554 篇;有关"翻译的衔接与连贯"的文章共 29 159 篇,其中期刊论文 10 905 篇,硕博士论文 15 409 篇。然而,利用语篇知识研究影视剧翻译的文章却并不多见,探讨影视剧翻译中的话语连贯的文章也寥寥无几。影视剧是一种特殊的语篇,因为具有多模态、多信道的特点,影视剧语篇的连贯机制存在区别于其他语篇类型的特殊性,这种特殊性也体现在了影视剧的翻译上。研究影视剧翻译的连贯问题对于影视剧翻译实践具有重要的指导作用。

本文将从语篇语言学的角度出发,以英剧《神探夏洛克》的英译汉字幕为例,探讨如何重构字幕翻译中的话语连贯。文章将首先阐述语篇连贯的基本概念与知识,然后分析影视剧语篇的特殊性,这些特殊性对于翻译有什么影响，进而结合实例探讨如何实现字幕翻译的话语连贯。

1.话语连贯与翻译

连贯指的是语篇中语义的关联，连贯存在于语篇的底层，通过逻辑推理来达到语义连接，它是语篇的无形网络（黄国文，2001：11）。连贯的问题是语言学界的重大难题之一，对于连贯的标准也是众说纷纭。最早对话语衔接与连贯做出系统阐述的 Halliday 和 Hasan(1976)提出要实现话语的连贯必须满足上下衔接和符合语域两个条件。他们(1976)认为前者是实现话语连贯的必要条件，并对语篇的衔接机制做了详细的阐述，提出了五种衔接手段。Van Dijk (1977)认为连贯使语篇成分之间不同维度的语义关系得以保持，并提出了线性的连贯和由宏观结构决定的整体连贯两种连贯类型。Widdoson(1978)则从语用概念出发，提出连贯是话语在实施施为行为(illocutionary acts)时所表现出的一种命题关系。Brown 和 Yule(1983)认为话语的连贯是话语接受者在理解话语时强加给话语的效果，他们还提出了一些影响话语连贯的因素。总体来讲，关于连贯的看法可以大致归结为两类：一类观点认为话语的连贯是通过形式来实现的，另一类观点认为话语的连贯是指话语在意义上的连贯，而非体现在语言形式上(莫爱屏，2010：58)。

翻译活动的"原材料"与"产品"都是话语，因此话语连贯问题也是翻译研究与实践的重要议题。Gutt(1991)根据 Sperber 和 Wilson 的关联理论提出：翻译是一种交际行为，翻译的过程就是一个对话语进行明示推理的过程，译者首先要根据原文所明示的信息，做出语境假设，寻找最佳关联，从而推理出原文作者想要传达的交际意图，然后根据关联假设对译文话语方式进行选择，用译入语向译文受者传达原作者的交际意图。而无论是在对原文交际意图的推理过程中，还是在用译入语重述原文交际意图的过程中，连贯都起着至关重要的作用。连贯是通过话语语义或功能的关系来实现的，因此能否正确识别原文话语的连贯机制决定了译者是否可以把握原文的语义或功能关系，是否可以推理出原作者想要传达的交际意图及想要表现的语用效果；而译者在译文中采用的连贯机制是否重现了原文的语义或功能关系也决定了译文是否可以传达原文的交际意图、表现原文的语用效果。所以从某种程度上讲,"话语翻译的过程可以说就是连贯的识别和重构的过程"(王东风,1997:39),"话语连贯的实现与否直接关系到译文的交际功能的实现与否"(莫爱屏,2010:63)。

翻译活动涉及不同的语言,也涉及语言背后不同的文化与思维方式,这些文化与思维方式的差异对于译者识别和重构话语连贯具有重要影响,这种影响最明显地体现于译者翻译策略的选择上。在文化方面,文化缺省(cultural default)是造成连贯失调的主要原因之一。所谓的文化缺省是指交际双方在交际过程中对双方共有的文化背景知识的省略。从语言交际的角度看,缺省的目的是提高交际效率(方梦之,2003:308)。在翻译过程中,译者作为文化交流的使者,熟悉源语的语言文化,可以利用这些文化知识填充话语缺省所留下的语义真空,而缺乏源语知识的译文读者则没有这样的能力。如果译者不在译文中对文化缺省造成的语义真空进行填补的话,那么对于译文读者来说译文则是不连贯的、缺乏逻辑的。例如:

> The most popular legend describes that Heracles was the creator of the Olympic Games and built the Olympic stadium and surrounding buildings as an honor to hisfather, Zeus after completing his 12 labors. (*A Survey of Olympic Games*)
>
> 译:在最流行的传说中,赫拉克勒斯是奥运会的缔造者,为了表示对希腊主神、他的父亲宙斯的崇敬,在完成 12 项英雄业绩后,他建立了奥林匹克体育场及其周围的建筑。

根据希腊神话,赫拉克勒斯是主神宙斯和阿尔克墨涅之子,力大无比,因为完成了 12 项被誉为"不可能完成"的任务而闻名。原文中的"12 labors"就是指这 12 项任务。不了解希腊神话的译文读者可能对人物关系感到疑惑,译者在译文中添加了对宙斯的介绍,表明了人物的身份。译者将"12 labors"翻译成"12 项英雄业绩"而不是直译为"12 项工作"也是考虑到译文读者缺乏相关知识。直译会让不了解故事的读者不明白在此处提及 12 项

"工作"的用意,会让读者觉得缺乏逻辑性、语意不连贯。而"英雄业绩"一词点明了赫拉克勒斯的英雄身份,也可以让译文读者明白他做的这 12 件事必是不寻常的事。这样一来,译文读者即便不了解相关故事,也能知道大概的信息。这里"希腊主神"和"英雄业绩"就是译者对文化缺省所做的填补。

在思维方式方面,不同的语言孕育了不同思维方式和习惯,因此不同语言的使用者理解语义、识别连贯的方式不同。例如英汉两种语言,前者是形态语言,重形式结构,后者是语义型语言,重语义结构。因此在这两种语言相互转换时要注意显性连贯与隐性连贯的选择。例如:

> 文化特色和个性是历史文化名城的独特和珍贵的标志,历史文化名城间的文化交流与合作将极大地促进城市文化可持续发展和繁荣。
>
> 译:Cultural exchanges among historical and culturally-significantcities,whose respective features and individuality are their unique and invaluable symbols,will greatly contribute to the sustainable development and prosperity.

原句由两个并列的分句构成,而译者却将原句翻译成了含有非限制性定语从句的复杂句。这样的译法将汉语中隐含的逻辑连贯关系(前半句是对"历史文化名城"的修饰,后半句为句子真正的意义要旨)显性化了,使得译文更符合英文形合的特点。

当然,翻译活动的类型多样,如何实现译文中的话语连贯还需要根据翻译类型进行具体分析。本文就将结合影视语篇的特殊性,分析如何在影视剧翻译中实现话语连贯。

2.影视剧翻译的语篇维度

语篇是一个意义单位,一部影视剧(一个意义单位)可以是一个语篇,剧中具有独立意义的片段也可以是一个语篇,所以可以说一部作品就是由多个具有独立意义的"小语篇"组成的"大语篇"(麻争旗,2015)。影视剧语篇与其他类型的语篇相比具有多模态性,即影视剧语篇传递信息的渠道是多样的,影视剧中的画面、音效、场景等都具有表意功能。Mona Baker(1998:245)曾把影视作品传递信息的渠道分为四种:(1)言语听觉渠道(the verbal auditory channel),包括对话、画外音、歌词;(2)非言语听觉渠道(non-verbal auditory channel),包括音乐、自然声响、音效;(3)言语视觉渠道(the verbal visual channel),包括字幕标题及画面上出现的其他书面符号;(4)非言语视觉渠道(the non-verbal visual channel),包括画面及播放流。来自不同渠道的信息都是促成语篇连贯的组成部分,都具有表达交际意图、营造语用效果的作用。信息来源渠道的多样性也决定了影视剧翻译有别于其他翻译活动。

Hatim 和 Mason(1990)在《语篇与译者》(*Discourse and Translator*)中表示,译者的任务不仅仅是表现原命题的意义,同时还需要表现主导原文的施为性言语行为,即语篇行为,并且要获取适当的言后效果。也就是说,翻译的目的就是重现源语语篇效果及语用意义。影视剧语篇的语篇效果及语用意义是由文字、声音、语调、画面等各种符号信息共同构成的。例如,英语口语中常用的短语"come on",意义灵活丰富,如果脱离语境单独出现,很难断定它想要表达什么含义。如果配上不屑一顾的语调,"come on"表达的可能是轻蔑、无所谓的态度;如果配上轻柔安抚的语调,"come on"表达的可能是劝慰的意思;如果配上火热的比赛场景,"come on"表达的可能是加油助威的意思。所以说,在翻译影视剧的过程中,要想重现语篇效果与语用意义,译者无论是在对源语语篇话语进行明示推理,寻找最佳关联,推断交际意图的过程中,还是在重构译文语篇,传达交际意图的过程中,都必须考虑来自各个渠道的符号信息。

3.字幕翻译的话语连贯重构

接下来,本文就将根据影视剧语篇的特殊性,从三个维度,即多模态维度、语义维度及文化缺省维度探讨如何在字幕翻译中重构话语连贯。分析中所用译例来自英剧《神探夏洛克》第一季的英译汉字幕,为笔者转录所得。

3.1 多模态维度

影视剧语篇的多模态性及信息来源的多渠道性意味着影视剧语篇的连贯机制与影视作品中各渠道的符号信息息息相关,所以影视翻译的译者在识别和重构影视剧语篇的连贯机制时,要考虑除语言、文字以外的其他符号信息元素,如镜头画面、语气语调、演员神情等。

例 1:

Molly:Listen,I was wondering. Maybe later,when you're finished...

Sherlock:You're wearing lipstick. You weren't wearing lipstick before.

Molly:I refreshed it a bit.

Sherlock:Sorry,you were saying?

Molly:I was wondering if you'd like to have coffee?

Sherlock:Black,two sugars,please. I'll be upstairs.

Molly:Ok.

...

Sherlock:Ah! Molly.Coffee,thank you.

   What happen to the lipstick?

Molly:It doesn't working for me.

Sherlock:Really? It was a big improvement. Your mouth's too small now.

Molly:Ok.

莫莉:那个,我想问一下,等你工作完后……

夏洛克:你涂了口红,你以前从不涂口红。

莫莉:我想换换形象。

夏洛克:不好意思,你刚才说什么?

莫莉:我是想问一下,你想来杯咖啡吗?

夏洛克：清咖啡，两块糖，麻烦了。我就在楼上。

莫莉：好吧。

……

夏洛克：莫莉，谢谢你的咖啡。

　　　　你的口红怎么没了？

莫莉：对我来说没什么作用。

夏洛克：是吗？我倒觉得效果很好。不然你的嘴看起来太小。

莫莉：好吧。

该场景出现在《神探夏洛克》第一季第一集，讲的是暗恋夏洛克的女医生莫莉想要邀请夏洛克共进晚餐，还特意涂了口红以引起夏洛克的注意，而夏洛克却打断了莫莉的话，不解风情地谈论莫莉的唇膏，尴尬的莫莉只好转身去为夏洛克准备咖啡。

第一句中，译者并没有将"listen"翻译成"听着"，而是译成了"那个"。"听着"的语气强硬，与画面中女生犹豫的语气和紧张的神情并不匹配，翻译成"那个"，配上观众可以观察到的演员的神情与语气，倒是能透露出一种支支吾吾的感觉，体现出羞涩胆怯的语用效果，符合语境。夏洛克再次见到莫莉时问" What happen to the lipstick?"（口红怎么了？），看上去这句话有些突兀，但是通过镜头，不难发现莫莉嘴唇上的口红没了，因此译者由画面可以推断出夏洛克问"口红怎么了"，实际上想要表达的语义内容是：婉转地问莫莉为什么擦去了口红，为下面的对话做了铺垫，强调了与上下文的连贯关系。译者将其译为"你的口红怎么没了"，一方面是考虑到直译过于晦涩，会使译文看上去缺乏连贯性；另一方面，该译法又不像"为什么擦去口红"这样过于直白，保留了原文婉转的语用效果。

3.2　语义维度

由于影视剧语篇的特殊性，字幕翻译存在着传播载体的限制，主要有时间和空间这两个制约因素（梁碧滢，2008：32）。影视剧中的场景在不断变换，不同场景内的对话一遍即过，不会重复，所以观众看字幕的时间有限，且仅有一次机会。所以,考虑到观众的观影体验,字幕要"易读""易懂",才能让观众在短时间内明白对话内容,了解剧情。这就要求译者凸显原文中隐含的语义连贯关系,让观众花费较少的精力从译文中推理出源语话语的交际意图,体会到源语观众能体会到的语用效果。

例2:

Watson：Is that my computer?

Sherlock：Of course.

Watson：What?

Sherlock：Mine was in the bedroom.

Watson：What? And you couldn't be bothered to get up?

It's password protected.

Sherlock：In a manner of speaking, took me less than a minute to

guess yours.

Not exactly Fort Knox.

Watson：Right，thank you.（Watson takes away the computer）

华生：那是我的电脑吗?

夏洛克：当然。

华生：你的呢?

夏洛克：我的在卧室。

华生：你怎么不去拿自己的?

我设密码了。

夏洛克：从你说话的方式就能猜出密码,用不了一分钟。

一点儿也不牢靠。

华生：行行行,还我。（华生拿走电脑）

该场景出现在《神探夏洛克》第一季第二集中,讲的是华生外出归来后发现夏洛克在使用自己的电脑,还破解了电脑密码,便生气地质问夏洛克。

原对话简洁干脆,省略颇多,含有隐喻,没有明显的衔接,连贯关系隐晦。对话中,华生用了两次"what",第一次使用的是质问的语气,第二次则是责备的语气。在不同的语气下,单词"what"也有了不同的语义内容,译者并没有直接翻译"what"的词义,而是将其隐含的语义内容表现了出来,将第一个"what"译为"你的呢",直接表达了华生的质问,译者省去了第二个"what"的翻译,因为第二个"what"起到的是增强愤怒语气的效果,并没有实际的语义内容,观众可以通过演员的语气、神情推测出这种愤怒,所以译者选择了省译。后一句"And you couldn't be bothered to get up?"意为"你就懒得站起来?"其实是指华生责备夏洛克不去拿自己的电脑,而用了他的。译者并没有按原句直译,而是将谴责直接展现出来,还用了"怎么"一词突出华生的气愤与抱怨。面对责备与疑问,夏洛克只回答了些"只言片语",但这些"只言片语"仍存在着连贯的语义关系,译者也同样采用了显化的手法将对话中隐含的语义内容直接表现了出来。

3.3　文化缺省维度

影视作品常常会涉及许多文化背景知识,这些知识属于源语观众所共有的,在交际过程中那些对交际双方来说不言自明的内容往往会被省略。文化缺省的内容往往在语篇内找不到答案,不属于该文化的接受者常常在碰到这样的缺省时无法将语篇内的信息与语篇外的知识和经验联系起来,从而难以建立起理解话语所必需的语义连贯和情境连贯(郭建中,1999:232)。

在例2的对话中,"Fort Knox"——诺克斯堡是一个美军基地,位于路易维尔几十公里外的 Fort Knox ,那里主要有一大片装甲兵学校 US Armor Center 的保留地。"Fort Knox"常常被用来比喻某物或某事"固若金汤,牢不可破"。夏洛克提到"Fort Knox"是想讽刺华生所设的密码简单易破。考虑到译入语观众缺乏对"Fort Knox"的了解,译文中并没有提及诺克斯堡,而是直接翻译了诺克斯堡的隐含意义。影视剧翻译因为受到空间影响,每屏出现的文字数量都有限制,所以当遇到由文化缺省带来的连贯问题时,影视剧翻译者不可像其他翻译者一样采取加译、补译或添加注释的手段对文化缺省造成的连贯障碍进行处理。因此,影视剧翻译者面对文化缺省时常常采用直接呈现隐含义的翻译策略,以使译文连贯。

除此之外,字幕翻译中常见的处理文化缺省问题的手段还有"替代",即根据目的语观众的认知习惯,从目的语中寻找能实现语用对等的表达方式来代替对源语的直接翻译。

例3:

Criminal：She's always getting on me. Saying I weren't a real man.

Sherlock：Wasn't a real man.

Criminal：What?

Sherlock：It's not weren't. It's wasn't. Go on.

Criminal：Well... then I don't know how it happened，but suddenly there's a knife in my hands...

And my old man was a butcher，so I know how to handle knives.

He learned us how to cut a beast.

Sherlock：Taught.

Criminal：What?

Sherlock：Taught you how to cut up a beast.

Criminal：Yeah，well，then I done it.

Sherlock：Did it.

Criminal：Did it! I stabbed her.

罪犯：她总是数落我,说我不系男人。

夏洛克：不"是"男人。

罪犯：啥?

夏洛克：说错了,是"是"不是"系"。继续说吧。

罪犯：后来我就不知道怎么回事了,只是突然发现我手里多了一把刀……

我爹是个屠夫,所以我使刀还是蛮在行的。

他叫过我们怎么宰猪。

夏洛克:是"教"。

罪犯:又咋了？

夏洛克:教你们怎么宰猪。

罪犯:好吧,所以我作了。

夏洛克:是"做"。

罪犯:好吧,我做了,我捅了她。

此场景出现在《神探夏洛克》第一季第三集中,夏洛克在监狱中审问一个杀害了女友的罪犯,罪犯文化水平低,口音重,且语法错误多,夏洛克不断纠正他的语法错误,罪犯被激怒,一气之下说出了谋杀的经过。

罪犯的语法错误贯穿了整段,成为对话连贯的衔接线索。英文注重语法,英语单词具有屈折变化,名词有单复数的变化,动词有人称变化和时态变化,而汉字并没有这样的特性,所以译者并没有在"语法"上做文章,转而用"语音错误"代替源语中的"语法错误",不仅保证了话语的连贯,而且表现出了罪犯的口音特点,重现了源语的语用效果。

结 语

本文从语篇语言学的角度出发,阐述了话语连贯的基本概念与知识以及翻译与连贯的相关话题,并分析了影视剧语篇的特殊性。笔者根据这些特殊性,以英剧《神探夏洛克》的英译汉字幕为例,从多模态维度、语义维度及文化缺省维度探讨了如何重构字幕翻译中的话语连贯。通过分析发现,在字幕翻译中,译者在识别和重构话语连贯的过程中不仅要考虑语言、文字,还要考虑到文字以外的其他符号信息,如语气、画面、音乐等;为减少观众不必要的认知推测,保证观众的观影体验,字幕翻译者常常将隐含的连贯语义进行显化处理;面对由文化缺省带来的语义真空,影视剧翻译者常常会选择采用意译或替代等手段重现源语语用效果而不是直接翻译。

参考文献

BAKER M. Encyclopedia of translation studies[M]. London and New York：Rout-ledge,1998.

BROWN G，YULE G. Discourse and analysis［M］. Cambridge：Cambridge University Press,1983.

GUTT. Translation and relevance：cognition and context ［M］. London：St. Jerome,1991.

HALLIDAY M A K，HASAN R.Cohesion in english[M].London：Longman,1976.

BASIL H,LAN M. Discourse and the translator[M]. London：Longman,1960.

VANDIJK T A. Text and context[M]. London：Longman,1977.

WIDDOWSON H G.Teaching language as communication[M].London：Oxford University Press,1978.

方梦之.译学辞典［M].上海：上海外语教育出版社,2003.

黄国文.语篇概要分析[M].长沙：湖南教育出版社,2001.

莫爱屏.话语与翻译[M].武汉：武汉大学出版社,2010.

王东风.文化缺省与翻译中的连贯重构[J].外国语,1997(6).

王云燕.中国影视剧翻译研究 20 年回眸[J].科学中国人,2015(36).

符号学初探与中法广告翻译的对比研究

◈　苏湘宁

法国哲学家罗兰·巴尔特(2008)曾经说过:"符号学还有待于建立,因此我还不可能提出任何一部符号学分析方法的手册。"符号学是抽象的,隐藏在我们的生活中,人类社会就是已经被"符号化"了的社会。广告是反映各国文化和人类文明进步的窗口,将具体的广告案例与抽象的符号学理论相结合,有利于分析广告翻译的机制。

1. 符号学理论初探

人类的生活会受到符号的制约。符号总体上可以分为:以文字、口语为载体的语言符号,比如各种语言和广告语;以形象、人物等为载体的非语言符号,比如红绿灯、广告中的图形和人物等。语言学家索绪尔认为,语言学属于符号学,因此研究普通语言学的方法也同样适用于符号学。为了进行符号学初探,一般需要了解以下内容:语言系统与语言结构、能指与所指、含蓄意指(又译为涵指)和元语言、隐喻和转喻以及相对应的自然化和普遍化机制,这些内容也与本文的广告对比研究相关。

1.1　语言系统与语言结构

语言系统由横轴(组合关系,rapport syntagmatique)和纵轴(聚合关系,rapport paradigmatique)组成。组合关系指的是一个单位和同一序列中的其他单位间的关系,或处于组合关系中的所有成分(比如词)所需满足的句法和语义条件。聚合关系指的是一组可以相互替代的语言单位。

语言结构等于语言减去言语。如果说言语是个人具体的话语,那么语言结构则为使用这种语言的全体社会成员所共有。语言结构与言语就像是一枚硬币的正反面,不可分离。

1.2　能指与所指

能指与所指构成了符号的两面。能指指的是符号的形式,比如声音和文字。在符号的所指方面,巴尔特与索绪尔产生了分歧。巴尔特认为,"所指既非意识行为,也非现实",比如,现实中的植物"玫瑰"意指"浪漫爱情"。但是,索绪尔(2009)认为,所指是人们的心理表征,揭示的是符号的概念,比如"mouton"一词的所指是一种"身体丰满、体毛绵密的饲养动物"。由于能指和所指的关系是任意的(比如"mouton"不能和上文提到的概念直接相连),从能指导向所指的过程便是我们所说的意指。

根据巴尔特的《符号学原理》以及隋岩教授的《符号中国》(2014),我们可以把符号拆解为 E(能指)、R(意指行为)以及 C(所指)三部分,一个符号的构成如图 1 所示。

E1	R1	C1

图 1　符号的构成

1.3　含蓄意指与元语言

含蓄意指指的是(E2 R2 C2)的能指中,存在直接能指(E1 R1 C1)的嵌套情形;而元语言指的是(E2 R2 C2)的所指中,存在直接能指(E1 R1 C1)的嵌套情形。

含蓄意指和元语言可以分别用图 2 和图 3 表示。

E2		R2		C2
E1	R1	C1		

图 2　含蓄意指

E2	R2			C2
		E1	R1	C1

图 3　元语言

1.4　自然化机制与普遍化机制

人们看到或者听到某事物时，就会不由自主地想起这一事物所具有的隐喻义。比如看到鸳鸯，人们就会自然而然地联想起"忠贞、爱情"（见图 4），看到春节时的"福"字，就会自然而然地想到美好祝愿、合家团圆等景象。自然化是在含蓄意指的基础上实现的。

E2　　　R2		忠贞、爱情 C2
E1 鸳鸯　R1	C1 一种鸟类	

图 4　隐喻/自然化机制

普遍化机制则与元语言和转喻相关。所谓转喻即"以此代彼"，这在媒体报道和广告中比较常见。比如某品牌保暖内衣的广告中有一句经典的广告语："地球人都知道"。在这一平面广告中，背景是一片白茫茫的雪山，身穿该品牌红色保暖内衣的明星代言人站在雪山前方，其签名、该品牌的图标和这句经典的广告语赫然出现在最前面。一句"地球人都知道"把该品牌的保暖内衣同百姓的距离拉近。这种自然化和普遍化的机制可以用图 5 至图 7 说明。

E2　　　R2		热情火辣 C2
E1 某保暖内衣 R1	C1 一种可以御寒的衣物	

图 5　有关保暖内衣的含蓄意指

E2　　　R2		热情火辣 C2
E1 某明星 R1	C1 一名中国笑星	

图 6　有关某明星的含蓄意指

E2 R2		热情火辣 C2
E1 某保暖内衣 R1	C1 一种可以御寒的衣物	
E1'某明星 R1'	C1'一名中国笑星	

图 7　含蓄意指/自然化机制

　　将两个含蓄意指结合起来,E2R2C2 和 E2'R2'C2'就分别形成了新的含蓄意指的含指项。经过反复宣传,人们便将该明星和该品牌内衣自然而然地联系起来。由于双方都具有"热情、温暖"的属性,所以可以彼此借力,继而形成了两方互利共赢的局面——该品牌内衣借助该明星强化了其热情火辣的品牌形象,提高了知名度,而该明星也借助这一平台强化了热情、亲民的形象。

　　同时,这则广告不仅仅体现了含蓄意指以及相互借力的原理,还隐藏着一句元语言:所有人都应该购买该品牌内衣,购买内衣的人都会收获热情火辣的体验(见图 8)。

E2 R2			热情火辣 C2
E1 某保暖内衣 R1	C1 一种可以御寒的衣物		
E1'某明星 R1'	C1'一名中国笑星		
	E3 所有的人 R3	C3	

图 8　隐喻/自然化机制

　　自然化机制与普遍化机制存在于传播媒介之中,它们以隐性的方式影响甚至于操纵人们的思想,作为社会缩影的广告也难以逃避这两大机制。只不过,处于这个符号化了的社会中的人们难以察觉这一点(隋岩,2014)。

2.中法广告之间的对比

　　由于文化差异,各个行业的中法广告之间也存在着一些差异,虽然这些差异近年来在逐渐缩小,但是在酒类、食品和香水类产品甚至媒体对自身的广告宣传中都存在着差异。广告的目的在于劝说消费者购买商品。从语言上讲,法语广告语具有简洁、押韵和擅用人称等特点,而中文广告语则具有押韵、对偶等特征。中法两国的广告植根于不同的文化,本文旨在从符号学的视角对中法广告进行比较,揭示中法广告策略的异同。

2.1 中法酒类广告的对比

酒类广告是中法两国广告的重要组成部分,关乎人们的日常生活,但是两国的酒类广告却表现出了不同的文化内涵,这种不同的文化内涵也直接反映在广告词上。法国的啤酒广告因为定位,一般使用简短、明了的语言,而且画面中透露出高贵优雅的气质,但是中国的白酒广告则会使用对偶和成语等形式凸显中国白酒所具有的贵族气息。因为历史文化,法国酒类广告会令观众联想到法国的贵族生活,而中国的白酒广告则会令广告受众联想到古朴庄重的传统文化。

以法国的 1664 啤酒为例,1664 啤酒在一个平面广告中使用了"quatre chiffres,une bière"的广告语,体现了这一啤酒品牌的固有内涵(见图 9)。

E2	R2		悠久的历史,传统底蕴 C2
E1 1664 啤酒广告语 R1		C1"四个数字,一瓶啤酒"	

图 9 法国啤酒广告语

茅台迎宾酒的广告也使用了句法相似的广告语——"茅台迎宾酒,赢酒赢天下"(见图 10)。

E2	R2		悠久的历史,宽广的胸襟 C2
E1 茅台迎宾酒广告语 R1		C1"茅台迎宾酒,赢酒赢天下"	

图 10 中国白酒广告语

"茅台迎宾酒,赢酒赢天下"展现出了中国人欢迎天下朋友的广阔胸襟。

如果要将 1664 啤酒引进中国,考虑到两国酒文化的异同以及含蓄意指中 C1 的差异,不妨考虑将 1664 的广告词翻译成"四字……,一酒……"结构,比如"四世四英豪,一酒一陶然"(四世指的是这个品牌四百年的发展历程;四英豪指的是密特朗、布莱尔、希拉克和科尔这四位政治人物。一次,这四位领导人在共进午餐的时候,密特朗曾经问道:"历史上有什么重要的转折点?"希拉克答道:"克伦堡凯旋 1664。")。

2.2 香水类

广告的功能在于激发人类的欲望。香水类的广告集中体现了这一功能。

2016 年,香奈儿选择了莉莉-萝丝·德普(Lily-Rose Depp)作为品牌代言人,她的母亲是曾经做过香奈儿代言人的法国影星凡妮莎·巴拉迪(Vanessa Paradis),父亲是放荡不羁的"杰克船长"约翰尼·德普。莉莉-萝丝以富有辨识度的外表以及青春的气息为香奈儿广告赋予了新的内涵,同时她也借力香奈儿香水提升了自己的知名度。二者的关系可以用图 11 和图 12 表示。

E2 R2		优雅、贵族美 C2
E1 香奈儿 R1	C1 一个法国香水品牌	

图 11 香奈儿品牌

E2 R2		青春、美丽 C2
E1 莉莉-萝丝·德普 R1	C1 美法混血明星	

图 12 莉莉-萝丝·德普这一明星

将二者合一便产生了图 13:

E2 R2		优雅、贵族美、青春、美丽 C2
E1 香奈儿 R1	C1 一个法国香水品牌	
E1'莉莉-萝丝·德普 R1'	C1' 美法混血明星	

图 13 品牌与明星联手产生的效应

3. 翻译策略

翻译是关于不同系统符号转换的学科,因为使用不同语言的人们的日常生活与思维活动存在共性,所以翻译是可以实现的;但是因为两种语言所蕴含的文化、思维方式不同，所以某个系统之内的语言单位与其他系统的语言单位在意义（所指）、功能（语言在现实生活中的应用）等方面存在差异。广告是文明社会的产物，与语言息息相关。由于中法广告在语言的表达、含蓄意指等方面存在差异，所以在两国广告语的互译过程中应当采取以下策略：

（1）中译法的广告应当以简短的语言吸引法国消费者的注意；通过增加每个单词承载的信息量、缩减单词数量的方式吸引当地消费者的眼球。法语广告翻译成中文时应当以优美的语言吸引消费者的注意。

（2）植根于文化内涵。由于所处的语言系统（或者说符号系统）不同，所以即便是同一个能指，在不同语言系统中的所指也不相同，产生的含蓄意指和元语言也不尽相同。

（3）他山之石，可以攻玉。在法语、汉语广告的相互翻译进程中，如果汉语或者法语语境中的某个符号会导致另一方语言受众的误解，则可以采用其他符号。比如"龙"在中文中是尊贵吉祥的象征，但是法语和英语中的所指"dragon"却是一种会喷火而且会危害人类的怪兽；又比如领带品牌"lion d'or"在刚刚进入中国的时候被翻译成"金狮"，与"金失"谐音，进而令中国消费者，特别是商人忌讳，但在改译成"金利来"之后，便受到了消费者的欢迎（盖莲香，2008）。

3.1 植根于文化—自然化的机制

无论法语还是汉语，隐喻都是重要的语言现象。隐喻与含蓄意指的内涵相似，只不过前者属于更具体的语言学范畴，而后者属于更抽象概括的符号学范畴。秉着表达从简的原则，有些隐喻通过自然化机制成为文化的一部分。

含蓄意指会随着语境和时代的发展而改变，既有共时的一面，又存在历时的一面。以工农兵形象为例，图 14 中太平洋保险的广告"一起去创业"赋予了这些形象新的内涵。

E2	R2		C2	改变时代潮流
E1	R1 工农兵	C1"文革"时期的特殊群体		
E1'	R1'一起去创业	C1'有鼓动性的广告标语		

图 14　太平洋保险广告

2013 年,迪奥推出了由娜塔莉·波特曼代言的"Miss Dior"香水,并推出了名为 *la vie en rose*(《玫瑰人生》)的广告片(见图 15)。

图 15　Miss Dior 香水广告

《玫瑰人生》本来是一首由法国歌唱家皮雅芙演唱的法国香颂,表现出娴雅舒适的生活,虽然《玫瑰人生》是七十多年前(1946 年)的歌曲,但是与"Miss Dior"香水的内涵契合。因为广告的含蓄意指是"舒适娴雅的生活",所以将广告翻译成中文的时候应用清新的语言反映出其舒适娴雅的一面,以吸引消费者消费。

3.2 广告中的转喻机制

转喻是以此代彼,中法广告往往通过以部分代替整体的方式,让受众感同身受,在潜移默化中接受广告所宣传的理念。

图 16 是一则劝说公众开车不要超速的法国广告。

图 16 劝说公众开车不要超速的法国广告

这则广告巧妙运用了人称"您",而且用重复和押韵的手法,搭配车祸现场的景象,告诫受众开车时要注意车速。广告中隐藏着转喻:任何不听广告劝阻的人,都有可能发生同样的事情。中国也有相似的公益广告。这则广告可以翻译成"超速一小步,后悔莫当初"等。

结　语

符号学与广告和广告翻译是密不可分的。本文从能指与所指、含蓄意指和元语言以及自然化机制和普遍化机制出发,分析了中法两国的广告词在简洁程度、文化内涵等方面存在的差异。

从最基本的能指与所指的层面看,同一事物在不同的语言中有不同的能指,比如作为客观事物的"啤酒"在法语中叫作"bière",在汉语中叫作"啤酒"。因为属于不同的语言系统和文化语境,"啤酒"在两种广告文化中有共同的直接所指(都是由大麦芽发酵成的低酒精度的酒类),但在含蓄所指上有细微的差异。在广告翻译过程中,为了使目标语的消费者了解广告背后的文化内涵,除了考虑句式、基本语义准确无误等因素以外,建议将广告原文的文化背景予以再现。

作为宣传媒介,汉语和法语广告中都存在着转喻—普遍化机制,以刺激受众的欲望,或者让受众感同身受。在翻译涉及转喻的广告文本时,译者应当全身心地投入到原语言的情境中,把握广告的真实意图,然后再用与原文相符的汉语予以再现。

汉语、法语之间的广告翻译也是文化交流、文化移植的过程,翻译的时候应当综合文化语境、广告意图等多方面因素有的放矢,让目标语受众感受到异国风情。

参考文献

巴尔特.符号学原理[M].李幼蒸,译.北京:中国人民大学出版社,2008.

隋岩.符号中国[M].北京:中国传媒大学出版社,2014.

索绪尔.普通语言学教程[M].北京:外语教学与研究出版社,2009.

盖莲香.中法广告中的文化传媒[M].天津:南开大学出版社,2008.

文化主题对影视剧翻译的指导作用

—— 以《百万美元宝贝》为例

◈ 范婉丽

1.影视剧的跨文化传播

影视剧作为一种视听艺术载体,对向大众传播文化、知识起着一定的作用。欧美是电影和其他影视剧的发源地,不管从历史还是现在的发展来看,在世界上都处于领先地位,因此,欧美文化得以通过影视剧在世界广泛传播。不同国家影视剧的广泛传播归根结底还是不同文化的传播。

就影视剧作品来说,文化是通过一定的主题表现出来的,这种主题起到了旗帜引领作用。主题是影视剧的灵魂,不仅体现在角色的表演和影片场景中,而且体现在人物对话中。作品中的情节、人物、语言都是为主题服务的。人们欣赏影视剧作品,除了娱乐外,更重要的是领会其中表达的主要思想。

文化翻译学派的领军人物苏姗·巴斯奈特在她的著作《翻译研究》中谈到,语言是文化体内的心脏,两者之间的相互作用使得生命能量可以延续,就像在心脏上操作的外科医生不能忽视其周围的身体组织一样,翻译者如果将文本与文化隔离开来处理也是十分危险的(Susan Bassnett,2010:22)。影视剧的语言服从影视艺术的需要,具有声画统一的基本特征,这决定了翻译的方式和话语文本的基本属性。语言的特征决定翻译的策略。影视剧的语言作为作品的组成部分,具有传情达意、塑造艺术形象的功能,影视剧翻译的目标就是通过语言转换来实现这些功能(麻争旗,2013:1)。

　　翻译在影视剧的跨文化传播中是一种重要的手段。影视剧是一种视听形式的艺术载体,与小说等书面载体不同,对话占较大比例。因此,影视剧语言的翻译与传统的文学作品翻译相比有其特点。两种不同的语言在转换过程中,除去比较少的相通之处,更多的是文化差异,这体现在不同的语言符号中,比如有特殊语境含义的词汇、俗语、行话等。然而目前许多字幕组在翻译影视剧时,单纯进行字面翻译,忽视语言背后的文化内涵,导致许多对话不能传递出原语言的意思,歪曲了话语意义,甚至根本讲不通。因此,在翻译的过程中,了解欧美国家的价值取向、社会心理、审美传统、风俗习惯等,对于理解影视剧作品及其中的人物、语言等至关重要。也就是说,一部影视剧的文化背景和文化主题对影视剧的翻译起着重要的指导作用,如果能在翻译的过程中时刻把握文化主题,那么就可能避免错译或翻译出令人困惑的译文,更好地传达原剧的思想。文化主题对影视剧翻译的指导能够使译文更好地体现原剧主题,因此研究主题对翻译的指导作用很有必要。

2.文化主题对英语影视剧翻译的指导

　　根据目前我国进行欧美影视剧翻译研究的学者的研究成果可知,影视剧翻译的特征主要有两个方面:一方面,使语言符合影视作品中人物话语的特征,要准确、流畅、生动;另一方面,还要达到声画统一,满足观众的欣赏习惯。对于译制语言的接受者来说,或者说对中国的观众来说,他们接受的语言是落实到词汇、语义、语法等话语的表达方式上的。

　　《百万美元宝贝》是一部拳击题材的美国电影,该部作品获得了第 77 届奥斯卡金像奖最佳影片、最佳导演、最佳女主角、最佳男配角等奖项。这部电影之所以能够获得众多奖项,不仅仅是因为强大的演员阵容及精良的影片制作,更是因为渗透其中的文化。电影反映了美国拳击文化及人与人之间的爱,改编自拳击题材短篇小说集 *Rope Burns* 中的三则短篇故事:*The Monkey Look*、*Million $ $ Baby* 和 *Frozen Wate*,作者 F.X.图尔曾做"cut man"(及时为拳手处理伤情的工作人员)多年,经历了无数场赛事,目睹了太多拳坛中鲜为人知的苦辣辛酸。著名编剧保罗·哈吉斯看中了这部小说，并将小说改编成剧本，赢得了主演克林特·伊斯特伍德的青睐。[①]

对中国的观众来说，渗透在美国文化中的拳击文化无疑是陌生而新鲜的，如何原汁原味地将这部电影翻译成中文并传播到中国，让中国观众了解美国文化，将文化差异缩到最小，成为本片在中国打开市场的关键。笔者在根据《百万美元宝贝》进行翻译练习时，得到的启示是文化主题对英语影视剧翻译的指导作用体现在词语选择、语气表达、语速节奏等多个方面。

2.1 词语选择

英语中存在一词多义的现象，而且同一个词在不同的语境中意义也不同，尤其是影视剧中有表演和场景，如果选词不正确，就会使语句不通，导致不能表达出原文的意思，使观众困惑。这时，文化主题能够帮助译者选择合适的词语，使传情达意精准。

以《百万美元宝贝》为例：

I only ever met one man I wouldn't wanna fight. When I met him, he was already the best cut man in the business. Started training and managing in the 60s, but he never lost his gift.

只有一个人我不会与他争辩，我认识他的时候，他已经是拳击界最好的伤口处理师，从 60 年代就开始做教练、经纪人，并一直宝刀不老。

《百万美元宝贝》是在美国拳击界发生的故事，这个片段是老拳击手的独白，其中"fight""business""training""managing""gift"这几个词语在英语中的本义是"打架、争辩""商业""训练""经营""礼物、天赋"，但是在拳击文化主题下，老拳手埃迪想要表达的意思是他在"拳击界"只"佩服"一个人，就是弗兰基，而弗兰基从 60 年代开始不再仅仅是伤口处理师，还"做教练""开

---

① 《百万美元宝贝》百度百科词条[EB/OL].[2017-01-23].http://baike.baidu.com/link? url＝F6sxsDo W8ycLGz1BKGMrqsuj0 ＿ dqqPZLAMZ2qWzmk5M － ONHxuOrOfi3w0DCQDHLuE3sTb1g44USJ5 Lm6bOvk1IY3G24vdPzjpx－na7GWnAF4XGTwvrrisuiqGBcMhleDkq2XkmIU7QMZGrXep MlhD＿.

拳馆",但是他处理伤口的"本领"并没有丢弃。画面上是老弗兰基正在拳赛现场给自己的拳手处理伤口,所以根据文化主题选择词语,能够更加准确地传达原文的意思,这段话可翻译为:

> 在拳击界,我只佩服一人,我认识他的时候,他已经是业内最好的伤口处理师,从 60 年代又开始做教练、开拳馆,但老本行没有丢。

可以看出,在主题的指导下,译文更加准确。
接下来看另一个例子,同样是《百万美元宝贝》的片段:

People love violence. They'll slow down at a car wreck to check for bodies. Same people claim to love boxing. They got no idea what it is. Boxing is about respect. Getting it for yourself and taking it away from the other guy.

> 人们热爱暴力,他们会在路过车祸现场时减速查看死尸,也宣扬热爱拳击,但他们根本不知道拳击是什么,拳击有关尊严,为自己赢得,让对手失去。

这一段的主题是表达一个老拳手对拳击的理解,在他看来,普通群众对拳击的看法根本就是肤浅的,翻译"love""check""claim"等词语时如果不考虑这个主题,翻译成"热爱""查看""宣扬",就会很死板,不能表达埃迪对拳击的感情。因此,选词时要带着这个主题选择合适的词语。这段话可翻译为:

> 人们喜欢暴力,会在路过车祸现场时减速看热闹,也嚷嚷着热爱拳击,但根本不知道拳击是什么,打拳击打的是尊严,打来自己的,打掉对手的。

选择"喜欢""看热闹""嚷嚷着"等具有感情色彩的词语,将普通人对拳击的喜欢与在车祸现场看热闹类比,使拳击手与普通人对拳击的感情形成强烈对比,观众更能体会埃迪的情感。

2.2 表达语气

语气反映的是人们在交际中对谈到的情况所持的态度,是思想感情动态支配下的语句的声音形式。语气由两个方面构成:一方面是一定的思想感情,一方面是一定的声音形式。在影视剧中,语言以对白为主。在情景会话中,语气一般可以理解为说话的口气,比如严肃、幽默、温柔、愤怒等。要结合语境、根据主题选择合适的语气。以《百万美元宝贝》中的片段为例:

Sometimes there's just nothing you can do. Cut's too wide, too close to the bone. Maybe you got a severed vein or you just can't get the coagulant deep enough. There are all kinds of combinations you come up against down in the different layers of meat and Frankie knew how to work every one.

有时候就是什么也做不了,伤口太深或接近骨头,或是血管破裂,或是止血药就是不起效,肌肉的各种层次会产生各种损伤情况,而弗兰基知道每种问题的解决办法。

这个片段讲的是埃迪说明弗兰基的伤口处理水平高超,上面的译文是按照表面意思译成的,但是任何一个人都可以说出这样的话,而埃迪跟弗兰基的关系很亲密,他们是一起为拳击奋斗过的志同道合的人,是好朋友,以埃迪对弗兰基的感情,不应当说出这么平淡的话,所以这里的语气不合适。适当地意译,换一种感情色彩更强烈的说法,可以使语气更符合说话者的身份,表达更加真实感人。这段话可翻译为:

伤口处理也很难,伤口太深或伤及骨头,血管断裂而血流不止,肌肉、血管、组织等都会受到各种损伤,而弗兰基对它们摸得门儿清。

这一段的主题是"友情""钦佩",因此根据这一主题而翻译出的译文中"伤口处理也很难"与"弗兰基摸得门儿清"前后呼应,获得了表达钦佩感情的效果。

另一个例子是弗兰基与神父之间的对话:

—What is he then? Does that make him a demigod?

—There are no demigods, you fucking pagan!

——他是什么人呢?是半神半人吗?

——不是!你这无赖!

单纯看这段翻译似乎没什么问题,但是结合一下主题,我们知道弗兰基因为拳击事业与自己的女儿有着难以打破的隔阂,他心存愧疚,试图通过宗教来找寻心灵上的慰藉,所以弗兰基在神父面前像个无知、调皮的孩子,但是这正体现了他渴望解开这个心结,而神父对弗兰基又生气又同情。基于这样的主题,这段话应该选择更重的语气:

——不是神,也不是人,是杂种?

——你才是杂种呢!

2.3 语速节奏

英语跟汉语在节奏上有很大的不同,在翻译影视剧时,翻译语言的表达跟画面中人物的语言表演之间出现错位是不可避免的。为了使译文与原文在节奏上对应,我国的译制工作者积累了许多经验,比如"对口型"等,但是,节奏的对应不仅仅要看音节,还要看意思,而决定意思的就是主题。因此,主题对于影视剧翻译语言的节奏也具有重要的指导作用。下文为《百万美元宝贝》中麦琪与弗兰基的第一次对话:

—I did pretty good. Thought you might be interested in
  training me.

—I don't train girls.

—Maybe you should. People see me fight say I'm pretty tough.

—Girlie, tough ain't enough.

——我打得挺好的,也许你有兴趣训练我呢。

——我不训练女孩子。

——也许你该试试我呢,看过我比赛的人都说我够凶狠。

——小姐,光凶狠不够。

　　这段翻译的字数看起来跟原文非常相近,但是节奏并非视觉上的对应,而是音节之间的对应。英语音节更加紧密、连贯性强,但汉语是一个汉字一个音节,连贯性差很多。同样的意思,很长的英语句子可以很快说完,而汉语要用同样的时间表达同样的意思,汉字数量得少很多。这里麦琪拜师心切,所以话说得很急切,很想把自己的水平说得更好些,要把握住这个主题,译文节奏就应该紧凑些,将句式改变一下,就可以使之更有节奏感。这段话可以翻译为:

——我打得很好,想拜你为师。

——我不收女徒弟。

——收我不后悔,他们都说我特猛。

——小姐,光猛不行。

结　语

　　《百万美元宝贝》作为一部出色的美国电影,其中蕴含着丰富的美国文化,每个场景都有自己的主题,选择这样的电影做翻译研究,能够比较深刻地了解文化主题对翻译的指导作用。本文通过对《百万美元宝贝》的翻译实例研究,分析总结了文化主题对跨文化翻译的重要指导作用。本文重点分析了文化主题在欧美影视剧翻译中对词语选择、表达语气、语速节奏等多个方面的指导作用。影视剧译制是个庞大的体系,仍有更深的研究方向等待我们去探讨。目前的学者和译者鲜有考虑到主题对翻译的指导作用的,这种指导作用并非理论性的,也不是确定的公式,而是要具体情况具体分析。对于译者来说,应该有较高的中外文化素养,可以根据不同的文化主题选择与之相适应的翻译技巧和方法,力求将影视剧原汁原味地翻译出来。

参考文献

麻争旗.英语影视剧汉译教程[M].北京:中国传媒大学出版社,2013.

BASSNETT S. Translation studies [M].Shanghai:Shanghai Foreign Language Education Press,2010.

外 国 语 言 文 化 传 播 研 究 （ 第 一 辑 ）

国 际 传 播 语 言 与 文 化

英语网络新闻标题之经济性研究

◈ 秦飞勇

引　言

网络融合了三大传统媒体的特色。若再细分,网络新闻又可划分为网络报纸新闻和网络广播新闻。随着众媒时代的到来,从某种程度上而言,微博、微信、推特、脸书等社交软件,也逐渐成为新闻的载体。

当今网络新闻产业急速发展,产业内的竞争也随之变得激烈。对网络新闻从业者而言,考虑如何创造出富有竞争力的新闻作品是重中之重。西方媒体界流传着这样一句话:"今天的新闻是金子,昨天的新闻是银子,前天的新闻是垃圾。"这正体现了他们对新闻时效性的看法。新闻只有 24 小时的寿命,新闻的价值很大程度上取决于其时效性。时间就是金钱,在新闻界,胜者率先获取消息,迅速撰写并在有限的版面内发布新闻。作为新闻的眼睛,标题本身需要遵循经济原则,网络新闻同样需要遵循这个原则。一方面,网站页面有限,对标题的长度必然有所限制;另一方面,标题的经济性意味着能够节省时间,一定程度上增强了时效性。此外,从受众的角度而言,标题太长容易使读者失去耐心,将大大减弱新闻传播的效果。

关于英语新闻标题的研究,国内学界通常基于词汇学、句法学、文体学的相关理论展开,主要分析英语报纸新闻或网络新闻标题的词汇、语法及修辞特征,也有学者从翻译的角度对英语新闻标题的汉译策略展开讨论。从语言经济原则视角展开的对英语新闻标题的研究并不多,具有代表性的是张丽颖(2014)的《论英语新闻标题的语言经济性》。该文章以传统的英语报纸新闻为语料,从用词及时态两方面揭示英语新闻标题的语言经济性。然而笔者认为,英语新闻标题的语言经济性,不仅仅体现在用词和时态两方面。随着时代的进步,网络新闻在用词方面有其特色,与传统的报纸新闻并不完全相同。因此,本文从语言的经济原则出发,以英语网络新闻标题为语料,探索其标题的词汇及语法特点,旨在揭示英语网络新闻标题经济性原则的各种表现形式,以期有助于提高英语新闻从业者的认识。把握这一原则,并在英语新闻写作中准确地运用,有利于使新闻作品脱颖而出。

1.语言的经济原则

语言学上的"经济"概念最早是相对于"冗余"提出的。语言的经济原则又名语言的省力原则,它要求人们在能够完成交际的前提下,用较少的言语获得理想的交际效果,是"指导人类行为的一条根本性原则"(姜望琪,2005:87)。省力原则由美国语言学家 George Kingsley Zipf 率先提出。在 1932 年出版的 *Selected Studies of the Principle of Relative in Language* 一书中,Zipf 讨论了词频与词长的关系,认为"语言中的短词很明显比长词更受人们的欢迎"。总体而言,词的长度与其出现的次数成反比。在 1949 年出版的 *Human Behavior and the Principle of Least Effort : An Introduction to Human Ecology* 中,Zipf 正式提出了省力原则。

用词研究对理解整个言语行为至关重要,而后者又是理解整个人类生态学的关键,因此,其研究一般先从用词省力开始。Zipf 提出从说话人及听话人的角度考察用词省力。对说话人而言,能用一词表达所有的意义是最省力的,因为说话人无须掌握更多的词语,更不用考虑如何从词海中选择一个合适的词语。这种"单一词词汇"就像多用工具,集各种功能于一体,能满足多种用途。然而,对听话人而言,这种"单一词词汇"理解起来最费力,因为他要根据特定的语境揣摩同一个词的各种意义,难度很大。从听话人的角度看,如果每个词只有一个意义,词的形式与意义一一对应,那么就会最省力。这两种经济原则相互冲突、相互矛盾,Zipf 把它们称为一条言语流中的两股对立力量——"单一化力量"和"多样化力量",他认为,"这两种力量只有达成妥协,达到一种平衡,才能实现真正的省力"(姜望琪,2005:90)。

在 Zipf 的研究基础上,法国语言学家 Martinet 提出了语言的经济原则,他认为,"构成语言经济的两个要素是交际需要和省力原则。一方面说话人需要传递自己的信息,另一方面又要尽可能减少自己的脑力和体力付出"(Martinet,1962:139)。此外 Martinet(1962:140)还指出,"为实现交际而付出的努力一般总跟所传递的信息量成正比"。那么,说话人所要传递的信息量越大,付出的努力就越大。在满足一定交际需要的前提下,说话人不可避免地要付出一定的努力。"经济"不代表"少说话""少用词",其本身不是目的,而是一种手段。所谓"经济",只是相对于取得的效果而言的,目标是为取得一定的交际效果而付出较少的努力。

2.词汇经济

Zipf 在讨论语言的经济原则时,首先从用词经济方面入手。词汇经济毫无疑问是语言经济原则的重要部分,而英语网络新闻标题的词汇特征充分体现了这一原则。对新闻从业者而言,除了要掌握这些词,还要认清网络英语新闻标题的用词特征。

2.1 短而有力的新闻词语

新闻编辑常使用一些短而有力的新闻词语。这些词大多是动词,也有一些名词。这些词的共同特征是:音节少,读起来有力度,能给读者留下深刻的印象。更重要的是,相比那些长词、高级词,这些词能够节省版面,充分体现了语言的经济原则。

1. Save us from climate change,US urged.(www.bbc.com. 19 Nov 2016)

标题中的 urge,是典型的短小精悍的新闻词,该语境下的含义为"强烈要求",相同意思的其他表达有"adv ask for""adv require""adv call for"等(此处的 adv 代表程度副词)。比较而言,由四个字母组成的"urge"更经济,不仅取得了良好的语用效果,而且节约了版面,体现出了语言的经济原则。

2. China tells Mongolia to bar Dalai Lama visit.(www.yahoo.com 19 Nov 2016)

案例中的"bar"同样体现了语言的经济原则,其在该语境下的含义为"阻止""禁止",意义相近的表达有"stop""prohibit"等,相比之下,由三个字母组成的"bar"更加经济。

其他一些常用的短而有力的新闻词语有:

accord (agreement)　　　　　　air (to make known)

assail (to criticize strongly)　　axe (to dismiss from a job)

back　(to support)　　　　　　balk (to refuse to accept)

2.2　首字母缩略词

英语网络新闻标题最突出的特点是大量使用首字母缩略词,这种词简洁而实用,是语言经济原则的代表。首字母缩略词由几个单词的首字母组成,通常情况下,这类词都属于专有词汇。英语中有两种首字母缩略词:一种缩略词发音时按照读一个完整单词的方式去读,像"ISIS""NATO"等就属于这种缩略词,我们用"acronym"来表示;另一种缩略词需要将各个字母分开读,像"WTO""HK"等属于这种缩略词,我们用"initialism"来表示。

1. NZ's geology changed by earthquakes.(www.bbc.com. 19 Nov 2016)

"NZ"代表"New Zealand"。

2. Stacey on the Frontline: Girls, Guns and ISIS.(www.bbc.com 15 Nov 2016)

"ISIS"代表"Islamic State of Iraq and al Shams"。

2.3　节略词

"除了首字母缩略词,英语中还存在另一种短词,称为节略词。具体而言,节略词构成的方式有三种"(胡壮麟,2013:66)。第一种:截掉长词的后半部分,剩余部分即所得新词,像"bike"(bicycle)、"fan"(fanatic)、"math" (mathematic)等是通过这种方式构成的；第二种：截掉长词的前半部分，剩余部分即所得新词，例如"plane"一词，就是通过截掉"airplane"的前半部分"air"所得，其他的此类缩略词还有"copter"（helicopter）、"van"（caravan）、"bus"（omnibus）、"phone"（telephone）；第三种：同时截掉长词前一部分及后一部分，留下中间部分，相比前两种，这种缩略词相对较少，例如"flu"（influenza）就是较为典型的通过这种方式获得的单词。

1. Murray ready for Raonic in ATP semis. (www.bbc.com. 19 Nov 2016)

句子中的"semis"是一个节略词，由"semifinals"截去中间的"final"得到。节略词"semis"所占版面更小，表达的含义与完整的形式相同，体现了语言的经济原则。

2. Navy"Doomday Plane" spotted in Colorado. (www.yahoo.com 19 Nov 2016)

此处的节略词是"plane"，其完整的形式是"airplane"。

2.4 转喻词

转喻是一种修辞手法，普遍应用于英语新闻写作。我们常遇到用一个国家的首都来指代这个国家的现象，这其实是在应用转喻的修辞手法。具体而言，新闻编辑会用"Washington DC"来指代"USA"，"White House"来指代"the government of the USA"等，相比于转喻词指代的事物，转喻词本身显得更加简洁精炼，体现了语言的经济原则。

1. Who declares Zika emergency over? (www.bbc.com. 19 Nov 2016)

句子中"Zika"可认为是转喻词，指代"Zika virus"。这种转喻被称为"事物及部分转喻"，即"用整个事物代替事物的部分，或者用事物的部分代替事物的整体"（胡壮麟，2013：131）。

2. Mitt Romney to join Trump's White House? (www.yahoo.com 19 Nov 2016)

此处的转喻词是"White House"，代指"the government of the USA"。这种转喻被称为"属性转喻"，即用该事物指代该事物的属性，例子中的

"White House"的属性其实就是"the government of the USA"。

2.5 合成词

所谓合成词,"指由两个或两个以上词素,或者将两个或两个以上单独词拼接而成的新的词"(胡壮麟,2013:64),例如"ice-cream""sunrise""railway""laptop"等。另外,构成合成的词素可以是不同词性的。英语新闻中普遍使用合成词,新闻编辑一方面会使用已经存在的合成词,另一方面为了节省主页的版面,也会创造一些新的合成词。笔者认为,某些合成词能够取代表达相同意义的短语、词组或小句,体现了语言的经济性,因此被较为广泛地应用于新闻写作中。

1. China book-sharing drive fails to convince.(www.bbc.com. 19 Nov 2016)

标题中的合成词"book-sharing"指代"a place where books are shared",如果把标题中的"book-sharing"替换成"a place where books are shared",标题就会显得冗长,而且占据了更多的版面。

2. Trumpscoming meme sends students running.(www.yahoo.com. 19 Nov 2016)

此处的合成词是"Trumpscoming",现有的词典中并不存在这一单词,它是由新闻编辑创造的,此处该合成词代表的是一个主语从句:"That Trump is coming"。显而易见,合成词"Trumpscoming"更经济。

3.句法经济

英语新闻标题的句法特征同样体现着语言的经济原则。新闻编辑在撰写标题时,需要注意并把握一系列体现语言经济原则的句法特征。

3.1 省略

省略现象在英语新闻标题中非常普遍,其完美地体现了经济原则。通常情况下,被省略的是一些语法词。由于标题的意义更大程度上取决于其中的实词,所以不太可能将这些词省略。

3.1.1 冠词的省略

冠词属于语法词,置于名词或名词词组之前,表示一种限定。冠词有两类:定冠词"the"与不定冠词"a""an"。在英语新闻标题中,通常省略这两种冠词。

1. Sharon Jones dies after batter with cancer.（www.yahoo.com. 19Nov 2016）

例子中,省略了应该置于"batter"前面的冠词"a",按照传统的语法规则,可数名词之前应有冠词,但此处考虑到经济原则,冠词"a"被省略。

2. Baltimore teacher fired after racist rant at students.（www.yahoo.com 19 Nov 2016）

标题的主语"Baltimore teacher"之前应该有冠词"a",而此处被省略。

3.1.2 连词的省略

连词是另一种语法词,用于构建复杂句或并列句。连词分为从属连词和并列连词两大类,从属连词用于连接从句,并列连词用于连接两个完整的句子、两个或两个以上的词或短语。

1. Mexico declares public health emergency over obesity，diabetes.（www.chinadaily.com 19 Nov 2016）

按照传统的句法规定,例子中"obesity"与"diabetes"之间应该由并列连词"and"连接,然而此处省略了"and",用逗号代之,这样标题占据的版面更小,更加经济。

2. IFC markets Forex & CFD trading.（www.yahoo.com 21 Nov 2016）

有时新闻编辑还会用符号"&"来代替"and",同样因为前者更加经济。

3. Xi：Asia-Pacific needs inclusive，not exclusive，pacts.（www.yahoo.com 21 Nov 2016）

如果引用他人原话作为标题,一般情况下使用直接引语,如此例所示,最经济的方式就是使用冒号,然后引出引语,相比于"says that"的结构,这种做法更经济。但有时也会使用间接引语,而考虑到语言的经济原则,从属连词"that"常被省略。

3.1.3 名词所有格标记的省略

英语中有两种标记无生命名词的所有格的方式。第一种方式需要使用介词"of",如"A of B",代表 A 是 B 的所有物;第二种方式借用标记"'s",如"B's A",同样表示 A 是 B 的所有物。值得注意的是,如果 B 是名词的复数形式,A 与 B 之间省略"'s"。考虑到语言的经济原则,第一种方式一般不会被采用,因为介词"of"的字符数更多。所以,撰写英语新闻标题时如果要表示所有格,一般采用第二种方式,而且通常会省略所有格的标记。

China tells Mongolia to bar Dalai Lama visit. (www.yahoo.com 19 Nov 2016)

例子中,"visit"应该归"Dalai Lama"所有,根据传统的句法规则,应该为"Dalai Lama's visit",然而在撰写新闻标题时,省略了"'s",体现了新闻标题的经济原则。

笔者经观察发现,这种省略现象比较少见,但确实存在,所以有必要单独叙述。

3.2 时 态

英语中有 16 种时态,但常出现于英语新闻标题中的有 3 种,分别是一般现在时、现在进行时以及一般将来时。

3.2.1 一般现在时(新闻现在时)

一般现在时是英语新闻标题写作中最常用的时态,在新闻界这种时态被称为"新闻现在时",在形式上它与传统的一般现在时相同,但表达的内容并不完全相同。与传统语法中的一般现在时相比,新闻现在时可表示过去发生的事件,这是传统一般现在时不具备的功能。

为什么英语新闻中不用过去时描述过去发生的事件,而用新闻现在时呢?有这样几点原因:第一,是由语言的经济原则决定的。如果用一般过去时,大部分谓语动词的词尾都会添加词缀"ed",而如果使用新闻现在时,主语是第一及第二人称时,动词词尾就无须添加这种词缀,一定程度上节省了空间(值得注意的是,并非所有动词的一般过去时的形式都比其一般现在时的形式更经济,只是绝大多数动词符合这种情况)。第二,是由新闻现在时的效果决定的。"一般过去时会让读者感觉一则新闻描述的事件已过去很久,失去了新鲜感"(黄碧蓉,2009:35)。因此,如果使用过去时,就不容易吸引读者,但如果使用新闻现在时,新闻的新鲜度及真实度就会增加。第三,是由读者的心理决定的。新闻从业者就是基于读者心理创造了新闻现在时,尽管每个读者的心理需求并不相同,但阅读新闻时,大多数读者都有喜新厌旧的心理。读者为了了解新事件、新情况而花时间阅读新闻,他们渴望新的东西,这种心理需求需要得到满足。此外,新闻现在时会让读者觉得他们就在事件发生的现场,从哲学的角度而言,宋更宇(2009)认为,这就让新闻事件与读者处于相对静止的状态。

1. Xi cautions against exclusive trade pacts in APEC speech.（www.chinadaily.com 19 Nov 2016）

2. Xi talks trade in Asia-Pacific with Russian president Putin.（www.chinadaily.com 19 Nov 2016）

以上两例所描述的是过去发生的事情,本该用过去时,但在新闻标题中使用了新闻现在时,这不仅仅因为"cautions"相对于"cautioned"、"talks"相对于"talked"字符数更少,而且因为该时态让读者感觉事件没有过去很久,仍然保留着新鲜感。

3.2.2 现在进行时

英语新闻写作中使用的现在进行时与传统英语语法中的现在进行时类似,都表示某个事件、行为正在进行,但唯一不同的是,在英语新闻标题中,处于动词现在分词之前的系动词常被省略,而省略的原因依然是语言的经济原则。

1. England boss plotting how to rein in Rooney.（www.bbc.com 19 Nov 2016）

阅读新闻可知,标题要表达的意思是:英国男足主教练正考虑如何处置鲁尼。因此,标题的时态为现在进行时,考虑到经济原则,本应置于

"plotting"之前的系动词"is"被省略了。

2. Jeremy Lin doing well with Nets.（www.chinadaily.com 19 Nov 2016）

这则新闻描述的是林书豪与篮网队的关系一直很好,很明显这里的时态是现在进行时,而此处主语后面的系动词"is"同样被省略了。

3.2.3 一般将来时

传统的一般将来时和英语新闻标题中的一般将来时表达的内容相同,都表示将来发生的行为或事件,不同点在形式上。在写新闻标题时,用"to do"来标记一般将来时。根据传统语法,"to do"之前应该有系动词"is"或"are",然而在撰写标题时,系动词也被省略,如此便能节约版面。考虑到语言的经济原则,新闻从业者不会使用"will do"标记一般将来时,因为"will"由四个字母组成,而"to"只由两个字母组成,显而易见,"to"更加经济。

1. Mitt Romney to join Trump's White House?（www.yahoo.com 19 Nov 2016）

2. Celebrity Chef to share "gastrobolany" expertise with Beijing eatery.（www.chinadaily.com 19 Nov 2016）

从"to join""to share"以及新闻内容可以判断,这句话的时态是一般将来时,根据传统的语法,要么用"is to join""is to share",要么用"will join""will share",新闻从业者选择前一种表达,同时将应该置于"to join""to share"之前的系动词"is"省略,标题显得更经济,且观众更容易明白所要表达的含义。

3.3 语态

众所周知,英语中有两种语态——主动语态和被动语态,我们无法判断哪种语态更好,新闻从业者需要根据具体情况来使用。

相比于被动语态,主动语态更加经济。使用被动语态时,不仅动词前面要加入系动词,而且动词要变成其过去分词形式,这样就会占用更多的版面。因此,使用主动语态是第一选择。此外,出于政治要求或者政治立场,新闻从业者也会使用主动语态去强调动作的主体。

1. Turkey withdraws child rape bill after street protest.（www.bbc.com 22 Nov 2016）

例子中的新闻标题是主动语态，也可改为被动语态，但新闻编辑为何不这样做？首先，这里使用主动语态强调了主语"Turkey"，凸显了土耳其这个国家，具有吸引读者的作用（主要吸引关注土耳其的读者）。其次，如果用被动语态，那么标题就会变为"Child rape bill withdrew by(in) Turkey after street protest"，标题中就多了介词"by"或"in"。相比于使用被动语态的标题，原标题所占版面更小，更加经济。

当动作的主体未知，或者需要强调动作的被施加者时，就会使用被动语态。传统语法中，使用被动语态时，动词过去分词之前需要添加系动词，但在撰写新闻标题时，情况有所不同。考虑到经济原则，系动词将被省略。

2. Baltimore teacher fired after racist rant at students.（www.yahoo.com 19 Nov 2016）

例子所给出的这句话的主语"teacher"与谓语动词"fire"是被动关系，因此应该使用被动语态，而标题中省略了系动词"is"。

3. Navy "Doomday Plane" spotted in Colorado.（www.yahoo.com 19 Nov 2016）

"Doomday Plane"应该是被发现的，主语与谓语动词之间是被动关系，因此使用被动语态，而此处应有的系动词"is"同样被省略了。

4.网络新闻的前景

随着自媒体时代和移动互联网时代的到来，传播新闻不再只是记者的事情。在众媒时代，每个人发布在社交媒体上的日记、说说、朋友圈等都能成为新闻的原材料。人人参与是自媒体时代最显著的特点。因此，网络新闻的未来与前景比传统媒体更光明。

目前英语网络新闻的句法及词汇特点与传统报纸新闻相差无几，但是随着自媒体时代的到来，其在词汇方面可能会经历一些变化，将拥有属于自己的词汇特点。

撰写网络新闻时,网络用语会被采用,原因之一就是受到自媒体新闻的影响。自媒体新闻通过微博、微信、推特、脸书等软件平台发送,在这些自媒体平台上,网民能够表达自己的观点与想法,也能够记录真实发生的事件。网民在自媒体平台上发布的文字,形式上是书面语,但内容上是口语,本质上是口语体的复制。自媒体新闻这种多元的风格将对英语网络新闻产生一定的影响。

自媒体新闻的口语体风格主要体现在用词上。首先,自媒体新闻常会用到一种缩略词,这种缩略词与传统的缩略词大不相同,例如用"ASAP"表示"as soon as possible"、"BBL"表示"be back later"、"OMG"表示"oh my God"等。此外,还有一种缩略词,被称为同音异义型缩略词,这种词也经常被使用,例如"r"代表"are"、"u"代表"you"、"y"表示"why"、"cu"表示"see you"、"B4"表示"before"。

为了吸引网民,网络编辑在撰写新闻时会使用这些词,我们无需担心网民不了解这些词,因为这些词是由网民创造、在网民中流传的;相反,如果他们在阅读新闻时遇到这些词,会感到兴奋,产生一种亲切感。从另一个角度而言,网络用语非常经济,很好地体现了语言的经济原则:用较少的字满足交际需求。网民们创造这些缩略词,最主要的动机就是希望花费最少的努力来完成会话,表达自己的想法,记录身边发生的事,这也是 Martinet 语言经济原则的核心所在。

结　语

本文基于语言的经济性原则理论,从词汇及语法的角度入手,以 China Daily、BBC 及 Yahoo 的新闻报道为语料,揭示了英语网络新闻标题经济性的各种表现形式,并总结出一系列常用的撰写英语新闻标题、使其显得经济的方法,同时对网络新闻的未来做出了展望。

本研究的意义在于:一方面,对网络新闻编辑而言,把握语言的经济原则、了解新闻标题经济性的各种表现形式,有助于他们创作出更好的新闻作品。另一方面,随着科技的进步、人工智能技术的兴起,机器新闻(人工智能直接生成新闻)的研究已有所斩获。笔者展望,新闻标题的经济性原则也许能与人工智能相结合,使机器写出更符合受众阅读习惯的新闻作品。

参考文献

MARTINET A. A functional view of language[M]. Oxford:Oxford University Press,1962.

黄碧蓉.新闻标题现在时态形成动因及构建机制释解[J].外语教学,2009(5).

胡壮麟.语言学教程[M].北京:北京大学出版社,2013.

姜望琪.Zipf 与省力原则[J].同济大学学报,2005(1).

宋更宇.对英语动词时、体的哲学思考[J].安庆师范学院学报,2009(7).

张丽颖.论英语新闻标题的语言经济性[J].校园英语,2014(18).

日本《朝日新闻》对"一带一路"的报道研究

◈　张银檬

1.背景介绍

1.1　日本《朝日新闻》的背景介绍

日本《朝日新闻》创刊于 1879 年 1 月 25 日,至今已有 130 多年的历史。《朝日新闻》的创始人为村山龙平与上野理一。在创刊初期,《朝日新闻》就以"以报道为中心"和"公平无私"为纲领,并且一直把这种精神延续至今。①如今,《朝日新闻》的月销售份数约为 640 万份。虽受到的新媒体的冲击相比往年大幅减少,但仍仅次于《读卖新闻》居日本第二位。

从冷战结束到现在,《朝日新闻》一直被评为中间左派、革新、进步、自由主义言论的代表性报纸。《朝日新闻》主张维持和平主义,对于复古性的修宪论持否定态度,特别是主张坚持日本宪法第九条。在国际报道中,《朝日新闻》对涉华报道下了很大力气。在社论和专栏中,有时显示出对中国立场的理解,大体上对于中国相对宽容,但是近年来开始刊登支持"藏独"和"疆独"人士的报道,在所谓人权领域也刊登针对中国的批判性报道,同时在钓

---

①　朝日新闻会社概要［EB/OL］.［2014-06-17］.http://www.asahi.com/shimbun/company/outline/history.html.

鱼岛问题上对中国采取比较严厉的论调。①

1.2 "一带一路"与日本的关系

中国的"一带一路"倡议提出之后便引起国际社会的广泛关注。由于日本不是"一带一路"的直接相关国家,且日本将中国视为其在东亚的地缘政治竞争对手,所以日本国内普遍将中国的"一带一路"倡议视作挑战。虽然"一带一路"倡议将促进沿线经济的发展,会在一定程度上削弱美日在亚太地区的影响力,但其前景仍面临许多不确定因素。因此日本采取了多种手段,例如加强对东南亚、非洲各国的经济援助,加快与美国的"TPP"谈判等以制衡中国的"一带一路"倡议(黄凤志、刘瑞,2015:37)。

2.报道的分类与分析

2.1 类目构建

在《朝日新闻》的官网上以"一带一路(日文记为「一带一路」)"为关键词进行搜索,②从 2015 年 12 月至 2016 年 11 月一共检索出 28 篇相关报道,除去仅在文章中提到"一带一路"的 5 篇之外,其余都是与"一带一路"相关性较高的有效的新闻报道(由于《朝日新闻》的网站上新闻保留的最长时间为一年,所以 2015 年 12 月以前的新闻已经无法检索了)。笔者将这 23 篇报道按照内容分布、报道时间、新闻相关国家、态度评估四个方面进行分类,试从《朝日新闻》对于"一带一路"的报道的版面安排、报道数量、立场态度等方面分析其在报道"一带一路"时的策略与特点。

---

① 日本五大报立场总体保守化[EB/OL].(2014-02-20)[2014-06-17].http://news.xinhuanet.com/world/2014-02/20/c_126163903.htm.

② 「一带一路」の新聞記事[EB/OL].[2014-06-17].http://digital.asahi.com/article_search/list.html? keyword=%E4%B8%80%E5%B8%AF%E4%B8%80%E8%B7%AF&searchcategory=2&from=&to=&MN=default&inf=&sup=&page=&idx=&s_idx=&kijiid=&version=2016120505.

2.2 根据内容分类分析

从内容分布的情况来看，23篇报道中发表在外国新闻版面中的有12篇，占第一位，此外，发表在经济新闻版面的有3篇，综合新闻中有3篇，日本国内地方新闻中有3篇，文化艺术版面中有1篇，特集中有1篇。分布情况如图1所示。

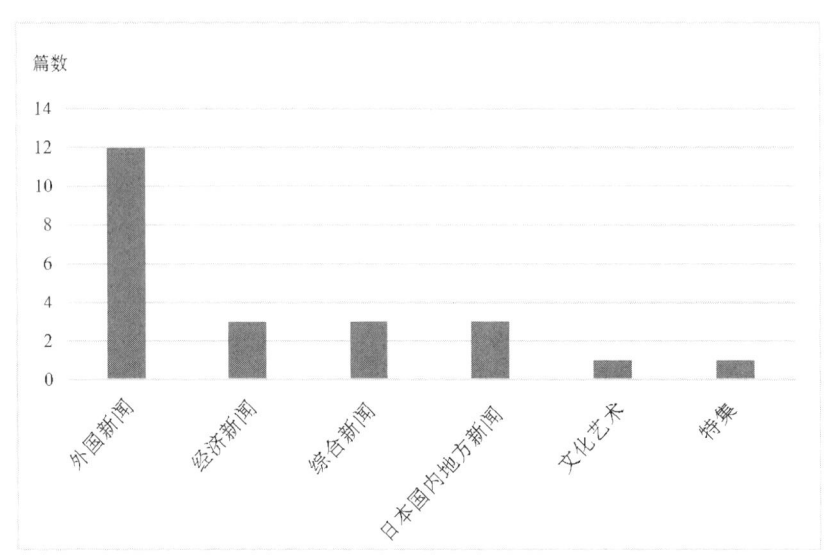

图1 "一带一路"新闻的分布

由此我们可以看出，对于中国的"一带一路"倡议，由于日本不是"一带一路"沿途国家，所以《朝日新闻》多把它放在外国新闻版块进行报道，这占到了报道总量的52.17%。值得注意的是，在日本国内地方新闻版块中的3篇关于"一带一路"的报道都来自于日本新潟县，分别是1篇与2016年1月28日在新潟县举行的"东北亚经济发展国际会议"相关的报道、2篇关于2016年2月23日新潟日本香港协会举办的新年演讲的新闻。第一篇报道的重点是对"一带一路"倡议与美国主导的"TPP"对东北亚经济整体影响的预测，后两篇报道的重点是与在"一带一路"中发挥重要作用的香港加强贸易可以给新潟县带来更多商机。此外文化艺术版块中的这篇报道则是从历史角度讲述了古代"丝绸之路"对中日韩三国经济贸易的影响和对现在中国的"一带一路"倡议的展望。特集中的这篇报道则是对 2016 年 8 月 27 日日本与非洲各国首脑参加的第 6 次非洲开发会议的报道。这篇报道从日本与非洲的经济合作的角度表示了对"一带一路"倡议的忧虑和警戒。

2.3 根据时间分类分析

从报道时间的分布情况来看,2016 年 1 月有 5 篇,2 月有 3 篇,3 月有 5 篇,4 月有 3 篇,5 月有 2 篇,6 月有 1 篇,7 月有 2 篇,8 月有 1 篇,11 月有 1 篇。相关分布情况如图 2 所示。

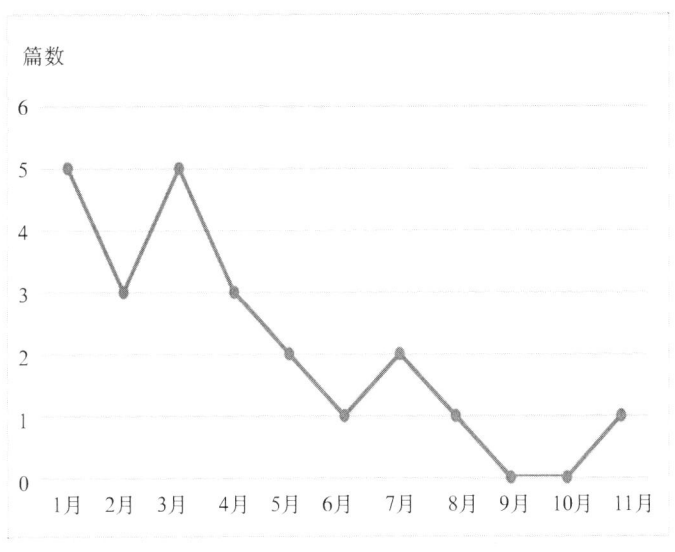

图 2 "一带一路"报道的时间分布情况

由于 2015 年的《朝日新闻》的报道在网页上已无法检索,所以笔者在此无法得知 2015 年《朝日新闻》对于"一带一路"的报道总体呈现出何种情况,不过就 2016 年的情况来看,《朝日新闻》对于"一带一路"的报道总体呈明显的下降趋势。从 5 月到 11 月出现了有的月份仅有 2 篇报道甚至更少的情况。9 月、10 月甚至出现连续两个月没有一篇与"一带一路"相关的新闻报道的情况。11 月也只出现了一篇关于连接亚欧大陆的"西伯利亚铁路"开通

100 周年纪念的报道。这篇报道也谈到了这条铁路作为"一带一路"倡议的基础设施的一环,将会为中亚各国的经济发展作出贡献。总而言之,《朝日新闻》对"一带一路"的报道数量始终处在很低水平,并且还呈现出减少的趋势。

2.4　根据相关国家分类分析

从新闻相关国家的分布情况来看,相关国家只有中国或中国与第三国的新闻有 16 篇,占到总量的 69.57%,相关国家是日本与第三国的新闻有 2 篇,相关国家是中日两国或中日两国与第三国的新闻有 5 篇。值得注意的是,相关国家是日本与第三国的 2 篇报道分别来自于 2016 年 5 月 3 日日本外相岸田文雄访问东南亚各国和 8 月 27 日日本与非洲各国首脑参加的第 6 次非洲开发会议。这两篇报道都提到了日本在与东南亚和非洲的合作发展中该如何应对来自中国的"一带一路"倡议的挑战等。相关国家是中日两国或中日两国与第三国的 5 篇报道中,除了 3 篇来自日本新潟县的相关报道和 1 篇从历史角度展望"一带一路"倡议,谈到"一带一路"可能会给日本带来机遇以外,剩下的则是 2 月 8 日的 1 篇探讨"一带一路"倡议与"TPP"分别会给亚洲各国带来何种影响的文章。

2.5　根据报道态度分类分析

从报道的态度来看,对"一带一路"倡议进行中立报道的文章有 18 篇,占到 78.26%。这些文章普遍为对中国与"一带一路"沿途国家的经济合作项目的报道,单纯叙事,表述中立。进行正面积极报道的有 3 篇,包括 2 篇与新潟县和香港合作相关的报道和 1 篇从历史角度展望"一带一路"倡议的报道。这 3 篇报道中,2 篇关于新潟县与香港展开的经济合作的报道分别出现了「シルクロード経済圏は新潟県にも商機」(丝绸之路经济带也会给新潟县带来商机)、「香港を利用する利点」(与香港合作带来的优势)等表述,表达了新潟县希望通过与香港的经济合作使当地也能体会到"一带一路"倡议所带来的商机的愿望;剩下的 1 篇从历史上的丝绸之路的角度展望未来的报道中则出现了「シルクロード経済圏は、歴史的、文化的な存在感を世界にア

ピールする」(丝绸之路经济带通过自身的历史感、文化感吸引世界的目光)、「日韩ヘルート延伸を」(希望延伸到日韩)等表述。此外,把"一带一路"倡议作为挑战而对此表示警戒、忧虑的报道有 2 篇,即之前提到的关于日本与东南亚和非洲的经济合作的报道。其中关于日本与东南亚经济合作的报道中出现了『「日メコン連結性イニシアチブ」を打ち出し、「一带一路」との違いを強調し、東南アジア諸国に日本の存在感を示す』(提出"日本湄公河连接倡议"、强调与"一带一路"的不同、加强日本在东南亚的存在感)等表述;而关于日本与非洲的经济合作的报道中则出现了『日本企業は治安のリスクに慎重するに対し、中国は「一带一路」の国家戦略もあって積極に投資する』(日本企业担心当地治安而慎重投资,中国却把"一带一路"作为国家战略而积极投资)、「中国の国策投資に対抗、日本はインフラ整備の質の高さを売り込む」(日本销售高质量的基础设施以对抗中国的国策投资)等表述。这 2 篇报道表现了日本对于"一带一路"倡议持有警戒、忧虑的态度,希望通过加强与东南亚和非洲各国的经济合作达到对抗中国"一带一路"倡议的目的。

结　语

根据上述的新闻报道的分类与分析,我们可以得出如下几个结论。

第一,由于日本不是"一带一路"沿线国家,所以《朝日新闻》并没有花太多精力报道"一带一路"倡议。笔者做了一个比较:本文所用的在《朝日新闻》网站检索到的 2015 年 12 月至 2016 年 11 月的关于"一带一路(日文表记为「一带一路」)"的报道为 28 篇,实际采用了 23 篇,若是把关键字换为日语的「シルクロード経済圏」,即"丝绸之路经济圈",检索结果只有 19 篇;然而若是把关键字换为"TPP",检索结果有 1 599 篇,即使将关键字改为日语的「環太平洋経済連携」,即"环太平洋经济合作",检索结果也有 1 277 篇。这足以说明《朝日新闻》对于"一带一路"倡议几乎没有花多少精力进行报道,报道数量总体保持在很低的水平,而且不断减少,甚至在一段时间之内还出现了"零报道"的情况。

第二,在《朝日新闻》对"一带一路"倡议的屈指可数的报道中,也普遍未把"一带一路"倡议跟日本做任何关联分析,基本采取了一种客观中立、置身事外的报道态度。这样的关于"一带一路"的报道占到了总数的 78.26%。即使是带立场的对"一带一路"的报道,例如持正面积极态度进行的报道和视其为挑战、表示警戒忧虑的报道,其数量也非常少,而且这两类的数量基本相同。所以我们可以得出结论:《朝日新闻》对于"一带一路"倡议的报道很大程度上保持了客观中立态度。

第三,分析《朝日新闻》对"一带一路"倡议进行的正面积极报道和表示警戒忧虑的报道我们可以发现,对"一带一路"倡议进行的正面报道,即新潟县与香港加强经济合作的新闻,仅为一些地方对于"一带一路"抱有憧憬的新闻;从历史角度展望"一带一路"倡议的报道更是被放到了文化艺术版块,无太多实际性的探讨。而把"一带一路"倡议视作挑战而持警戒、忧虑态度的报道则集中在日本与东南亚、非洲各国的经济合作的新闻中,甚至关于日本与非洲的经济合作的一期还放在了特集版块,花了大量篇幅探讨日本与非洲的经济合作该如何应对来自中国"一带一路"倡议的挑战,实际性远远大于上述对"一带一路"倡议持正面积极态度的报道。所以我们可以得出结论,虽然《朝日新闻》在对"一带一路"倡议进行报道时整体上保持了客观中立,但是其立场依然是很实际地把"一带一路"倡议看作对日本的挑战而保持了一丝警戒、忧虑的态度。

对于能查阅到的《朝日新闻》关于"一带一路"倡议的报道,笔者经过分类分析得出了以上结论。然而由于资料不足,结论不一定准确透彻。在今后的研究中,笔者希望能在收集到更多资料后,对日本三大报社——读卖新闻、朝日新闻、每日新闻关于"一带一路"倡议的报道进行更准确透彻的分析。

参考文献

黄凤志,刘瑞.日本对"一带一路"的认知与应对[J].现代国际关系,2015(11).

从马航事件看中外媒体新闻报道的差异

◼ 汤媛竹

引　言

2014 年 3 月 8 日,马来西亚航空公司的 MH370 客机突然失踪。截至 2015 年 2 月,MH370 客机仍下落不明,没有发现任何残骸。马航 MH370 失联事件(简称马航事件)被公众认为是历史上最离奇的飞机失联案例。事件发生之后即引起了世界人民的关心与关注,并且成了世界各国媒体报道的热点。中外媒体都对马航事件进行了持续性的关注与报道。本文对中外媒体的相关报道进行分析,探究中外媒体不同的报道和评论方式,分析中国媒体在马航事件报道中的得与失,进一步探究未来中国媒体应该如何做出改进。

1.马航事件回顾

2014 年 3 月 8 日,马来西亚航空公司的 MH370 客机突然消失。该班机在马来西亚时间 3 月 8 日 0:41 从吉隆坡国际机场起飞,定于北京时间 6:30 在北京首都机场着陆。起飞后,MH370 客机升至正常巡航高度。但是,在乘客离境不到一小时后,飞机通信系统被关闭,飞机与空管中心失去联系。根据民航雷达数据显示,MH370 客机失踪前的最后位置在马来西亚和越南海域交界处。MH370 客机上有 239 人,其中大多数是中国公民,包括 1 名香港人。

2.中外媒体关于马航事件新闻报道的比较

2.1 媒体对马航事件的反应速度

从中外媒体对马航事件的反应速度来看,一部分外国媒体是快于中国媒体的,也有一些外国媒体的反应速度慢于中国。以日本《朝日新闻》为例,在日本《朝日新闻》官方网站中,第一条关于马航客机失联的新闻的发布时间是日本时间 3 月 8 日 15:23,也就是北京时间 16:30 左右。如果该航班上有日本乘客,日本媒体报道马航事件的方式与频度将会完全不一样。因为此次马航事件与日本没有直接关系,所以日本媒体可以比较冷静、客观、谨慎地进行报道。同时也因为马航事件刚刚发生的那段时间国际和日本国内重大新闻不断,既有乌克兰的紧张局势,又有山寨"当代贝多芬"的"失聪作曲家"佐村河内守公开"谢罪",还有曾轰动一时的有关"万能细胞"发明的论文"疑点",而 3 月 11 日又是东日本大震灾 3 周年纪念日,日本的媒体连日大量报道相关消息。因此,马航事件对于日本媒体来说,只是"重要的"国际新闻之一而已。①

2.2 媒体在马航事件报道中的作用

事件发生后,欧美等国的媒体报道势力迅速崛起,其报道甚至影响着搜寻进程的调整方向。以法新社 3 月 8 日 8:23 的报道为起点,飞机失联原因从非人为因素变成人为破坏,最后又变成有劫机嫌疑,搜查范围由南海海域转向马六甲海峡和泰国湾,最后锁定在南印度洋。外媒在 MH370 的搜索过程中发挥了重要作用(周海燕,2014)。

在报道马航事件时,中国媒体拥有的线索和资源并不多,中国媒体在马航事件发生之后表现得并不好,经常援引他国媒体的新闻报道,缺少独家新

---

① 云海.日本如何报道马航失联事件[EB/OL].(2014-03-11)[2015-02-13].http://blog.sina.com.cn/blog_a3d35d280101f20r.html.

闻。以凤凰网在飞机失联当日的报道为例,"法新社电:马来西亚航空的一架载有 239 人的客机失联""据 BBC 报道,该航班'MH370'计划由吉隆坡飞往北京,机上载有 239 人,其中 227 人为乘客,12 人为机组成员"。中国的央视新闻频道在客机失联当日的早间新闻节目《朝闻天下》中报道了"据美国电视新闻网报道,马来西亚航空称他们与一架载有 239 人的飞机失去了联系"。但是来自中国媒体的消息,例如卫星观测到 3 处海面有漂浮物,后被证实与 MH370 客机无关,还有卫星资料显示某处出现海底震荡,中国媒体猜测可能是 MH370 坠海产生的影响,但是后来美国地震局监测到该处曾发生了 2.7 级海底地震。[①] 虽然此次客机失联与中国关系密切,但是由于某些客观原因,中国媒体无法拿到与事件相关的第一手信息,只能跟随他国媒体的脚步。马航事件发生之后的几个小时之内,国内媒体报道中失联客机上的中国公民人数变了又变,不少媒体为了抢发独家新闻,在未经证实的情况下就在官方微博上发布飞机坠毁或者降落的消息,失误报道频频出现,对于不实舆论的传播起到了推动作用。片面地引导公众舆论,对中国民众造成了一定程度的误导(王石川,2014)。

和中国媒体相比,日本媒体在马航事件的报道中同样也不具备优势,事件发生之后,日媒报道的消息来源同样是欧美等国的媒体。《朝日新闻》事发当日曾发布新闻"路透社消息,马来西亚航空公司的一架客机在南海上空消失"。之后,《朝日新闻》又发布新闻"路透社消息,马航失联客机疑坠入越南西部海域"。3 月 27 日,《朝日新闻》称"日本的卫星在海上发现漂浮物,有可能是失联客机的一部分"。3 月 28 日,《朝日新闻》又发布新闻"日本卫星发现十个左右可能为失联客机残骸的漂浮物"。但是这些发现对失联客机的搜索工作没有任何价值。中日媒体在此次事件中的报道都十分被动,缺乏独家新闻。

2.3 媒体报道的偏见性

媒体报道有时候会有"偏见",这将导致新闻报道有失公平客观,造成负

---

① 梁福龙.马航飞机失踪最新消息:搜救行动折射中美国力军力媒体实力差距[EB/OL].(2014-03-16)[2015-01-23].http://www.guanha.cn/strategy/2014_03_16_214247.shtml.

面影响。中国媒体在此次马航事件的报道中,能够坚持实事求是的原则,虽然事件关系到失联的中国乘客的安危,牵动着中国国民的心,但是中国媒体做到了不妄加推断,不以偏概全,没有对马航甚至马来西亚相关方面做出无理的批判与指责。但有些外媒在新闻报道中掺杂了对中国的强烈偏见。

2014 年 4 月 15 日《纽约时报》的报道说,中国"阻挠"了马来西亚的飞机搜救。从马来西亚航空公司 MH370 客机失联到报道当天(2014 年 4 月 15 日),已经超过一个月,包括 154 名中国人在内的所有机上人员下落不明。为了搜索失联客机,中国发起了史上最大规模的海上搜救行动。据法国媒体报道,此次马航搜救行动已耗资近 5 000 万美元,其中中国投入了 50%。失联客机上有 154 名中国人,中国也是 MH370 客机搜寻工作的主要贡献者之一。《纽约时报》不以事实为依据,对中国妄加指责,显然是不公平的(唐亚男,2015)。

带着偏见评价中国、指责中国的行为,好像是西方媒体的一种"习惯",这种习惯不仅仅体现在马航事件的报道中,在其他一些报道上也是这样,如对中国打击暴力恐怖主义犯罪的行动一贯保持质疑态度,多次炒作中国在南海"恃强凌弱",指责中国"不能承担大国的责任"等。这种不合理的指责有很多。除了一些欧美媒体,日本媒体也对中国抱有不合理的偏见。此次马航事件的报道中,日本媒体除了关注事件本身外,还对中国的社会经济情况给予了"关心"。2014 年 3 月 11 日,日本《朝日新闻》发布新闻称,"10 日,中国的股票市场大幅下跌,上海综合股价指数与上周相比下降 2.86%。除了输出的不振,还有飞往北京的马航客机失联等原因,这些都造成了投资者对股票市场的热情减退"。

马航事件发生之后,《朝日新闻》的特派专员平贺拓哉深入北京,采访了儿子搭乘马航失联客机的边秀芝女士。在《朝日新闻》的新闻报道中,平贺拓哉说:"中国当地的记者在简单采访了失联客机乘客家人之后,仅仅询问对方的姓氏,因为在新闻报道中,只要写出采访对象的姓氏即可。但是在日本,询问采访对象的全名是原则,记者被要求尽可能详细地询问对方的年龄、家族关系、职业之类的事实情况。"

2014 年 3 月 14 日,《朝日新闻》发布了一则新闻:"焦点:在失联客机搜索中中国军队强调存在感,周边国家正加强警戒",新闻中提到中国军事实力日益增强,今后中国在亚洲地区的存在感会越来越强,给周边国家造成了压力,因此周边国家正强化对中国的警戒。《朝日新闻》以中国对失联客机的搜索工作为切入点,试图宣扬"中国威胁论"。此外,日本《朝日新闻》在 3 月 18 日发表了一则标题为《中国媒体称没有证据证明中国乘客参与了马航客机失联这一恐怖事件》的新闻。并且,3 月 19 日,又发表了一则标题为《中国驻马来西亚大使称马航失联客机上的中国乘客与此次恐怖事件没有关系》的新闻。虽然《朝日新闻》并未指明中国乘客与马航客机失联这一恐怖事件有何关联,但是屡次使用这样的新闻标题容易对日本读者造成一种"中国乘客与客机失联事件有某种关联"的误导。

中日两国的关系一直都非常复杂、敏感,日本的很多新闻媒体,如《朝日新闻》《读卖新闻》《产经新闻》等,都在与中国相关的新闻事件中对中国进行过不少的负面报道,对中日两国民众的感情和民间交往都造成了不好的影响。2008 年,从中国出口到日本的饺子导致了中毒事件,日本《产经新闻》发表社论称:"此前,从中国进口的鳗鱼中检出过抗生素,从冷冻毛豆中发现除草剂,从菠菜中查出过残存农药,中国食品安全性非常成问题。"(宋相川、韦文杰,2011:150)而经过调查,中毒事件实则是一起恶意投毒事件。2011 年 7 月,日本媒体多次炒作"中国近期向日本出口了大量欧洲鳗""2010 年 12 月之后,欧洲禁止出口鳗苗""鳗苗经过三年半以上养殖后再出口是不正常的"。根据这些不实报道,日本水产厅甚至向中方有关部门提出质疑。但最后经过调查,这是由中国鳗苗连续四年减产之后恢复正常,市场竞争加剧所致(殷俊、邓若伊,2008)。日本媒体很容易在某一个新闻事件中不合理地联系到其他的方面而进行大规模报道,并不是实事求是、着眼于事件本身,尤其是在和中国有关的新闻事件中,日本媒体很容易带着自身并不合理的偏见和主观感情色彩去报道。近年来,日本媒体在与中国有关的新闻事件报道中对中国的一些持过度偏见的报道被学者和媒体评论家反对。

日本媒体的报道常常呈现"国益"的报道模式。所谓"国益"报道模式,即在新闻事件中与本国相关的问题逐渐成为新闻报道的重点,偏重于本国的"国家利益"的报道模式。日本媒体在一些灾难性事件的报道中,往往特别强调日本人是否涉入事件。例如,《朝日新闻》官网在马航事件发生的 3 月 8 日当日,发布的第二条新闻的大标题即为『マレーシア航空機が消息絶つ　日本人の搭乗はなし』,翻译成中文就是《马来西亚航空失联,乘客中没有日本人》。《朝日新闻》借时任澳大利亚总理托尼·阿博特访日的机会,对其进行了专访,在 2014 年 4 月 2 日以《失联客机的搜索,各国的协力搜索意义深刻》为题发表了一则新闻。虽然新闻标题与失联客机的搜索工作相关,但是新闻一半的篇幅都是在描述澳大利亚与日本经济上的友好往来,大赞日本经济的发展,意图向其他国家传递日本未来发展的前景,从而为日本的政治、经济、外交的全方位发展铺路。日本《朝日新闻》在 2014 年 3 月 12 日以"日本政府将派遣援助队支援失联客机的搜索工作"为主题发布了三条实际内容大体相同的新闻,意图强调日本在失联客机搜索工作中的存在感和在国际事务中发挥的积极作用,而对于中国和其他国家的搜救工作只字未提(张振华,2010)。

2.4　电视新闻报道的情况

马航客机失联之后,各国电视台都进行了长时间的相关报道。美国电视频道也进行了全面报道。擅长报道国际新闻的 CNN 因为马航事件的报道意外受益,收视率扶摇直上,三大电视网也集中全力报道,连日把马航事件的相关新闻作为头条处理。CNN 从纽约、伦敦和香港多处调派记者前往吉隆坡和北京等地采访并进行不间断的现场连线。CNN 的节目使用的报道手法十分多元,甚至把飞机驾驶舱、"黑匣子"和模型飞机搬进了节目现场,主持人马丁·萨维奇坐在飞行模拟器里侧身面对公众介绍飞往中国北京的马来西亚航空公司 MH370 客机失踪的情节(见图 1)。CNN 同时邀请了大量专业飞航人士和前情报官员,使电视报道更具专业性,成为观众获取消息的重要来源之一。

日本的电视新闻报道一直很先进,新闻表现力也十分丰富。日本电视新闻十分注重使用图像素材,打破单一画面给观众带来的呆板印象;电视新闻画面切换频繁,使用电视剧的拍摄和编辑方式,画面更加立体。日本电视新闻节目十分重视增加相应的新闻背景信息、常用字幕、图形、放大文字、漫画、照片、图标模型等来帮助观众理解和接受新闻消息。一些电视台的新闻节目,还邀请航空评论家、军事专家进行解说和点评,分析涉及"恐怖"袭击的可能性。日本专家大多也非常谨慎地从"故障"和"事件"两个方面进行推测,其结论也与大众从网络或报纸上获取的信息无太大出入(见图2)。

图1　CNN新闻节目直播截图　　　　图2　日本电视新闻节目截图

虽然中国的中央电视台、各省级卫视和地方台的新闻节目加起来数量不少,但是相较于一些外国电视台,大多数的新闻节目形式比较单一。但是,值得称赞的是,中央电视台进行了三次全球独家直播,直播画面被包括美国CNN在内的多家国际媒体引用。其中,第三次全球独家直播的内容里有中国驻珀斯总领馆就中国军机当天搜救情况召开的首次发布会。三次直播利用了电视媒体的独特优势,实现了新闻采、编、播的同步进行,最大限度地还原了新闻事实本身(张丽、孙璐,2014:5)。

2.5　媒体对失联乘客家属的人文关怀

在马航事件的报道中,中国媒体相对而言做得较好的是对失联客机乘客家人的情感、情绪的报道。2008年汶川地震报道中,中国媒体犯了一些错误,例如一些报纸、电视台和新闻网站直接显示受害者的照片。在马航事件报道中,中国媒体对悲伤的渲染相当克制。在失联乘客家属的聚集地——北京丽都酒店,中国媒体为了使采访不给各个家庭带来伤害,一直与其保持一定距离,基本上没有纠缠家属、强行采访的行为。国内媒体在没有违背家属的意愿的前提下,对部分家属做了非常充分而且合理的报道。在新浪网"MH370失联一周年:一年了,你在哪?"的新闻专题中,对程利平、戴淑琴、内森、萨拉四位失联乘客的家属进行的相关报道叙述了他们的故事,配以写实的照片,真切地向读者传递了他们对失联亲人的无尽思念,以情动人。

失联客机上包括 154 个中国公民在内的 239 个生命,确实是公众关注的焦点。国内报道中的家属的期盼、焦虑、绝望、悲痛等心理、情绪,可以很好地传达给对该事件给予关注的守望者。这样的报道不仅向国民传达了记者对于个体生命价值的珍视与关怀,而且也对马方及各方的工作施加了一定的压力,是一种有效的监督,体现了媒体应有的环境监视与议程设置的职能。

外媒同样也对失联乘客家属进行了相关报道,但是有的却不如中国媒体人性化。以日本《朝日新闻》为例,《朝日新闻》在跟踪报道失联客机搜寻工作的同时,也对失联乘客家属的情况进行了报道,但是基本没有使用文字进行描述,主要运用写实的照片(见图 3)。

图 3 《朝日新闻》报道马航事件所用图片　　　图 4　 CNN 报道马航事件所用图片

照片直接对准了失联乘客家属的脸,有的照片可以明显看出是在被拍摄者拒绝的情况下强行拍摄的,照片过度注重对失联乘客家属悲痛失态表情的特写,直接向读者传达了失联乘客家属焦急和悲痛的心情。CNN 同样在报道中使用了很多类似的对失联乘客家属悲痛失态表情进行特写的照片(见图 4)。

3.中国媒体在马航事件报道中存在的问题及应改进之处

3.1　中国媒体在马航事件报道中存在的问题

通过比较以上中外媒体的关于马航事件的报道可以看出,在马航事件报道中,中国媒体的表现有值得赞扬之处,比如新闻报道中的人文关怀和媒体公正性,但是也暴露了一些问题。首先,中国媒体对新闻事件的反应速度不够快,虽然马航事件与中国关系密切,但是中国媒体公布飞机失联的消息的时间却晚于法新社。其次,在马航事件报道的初始阶段,中国媒体始终在搬运新闻,无法自己挖掘消息,只能跟随一些外媒的脚步,过于被动(斯蒂芬·赫斯,2010)。在电视新闻这一方面,中国电视媒体虽然一直在进步,但是与一些发达国家相比,在技术和创新方面仍旧有很大的差距。

3.2　中国媒体未来应该改进之处

第一,拓展在世界各国的人脉和采访资源。

西方媒体在此次马航事件的报道中可以迅速地反应、及时地报道,原因是其有可靠的消息来源,同时还和官方的核心机构保持着密切联系。在这一方面,我们不得不佩服某些国外媒体的人脉实力。虽然人脉和采访资源对于一个媒体来说不是短时间之内就可以拓展的,但中国媒体只要在国际新闻竞争中努力发出自己的声音,获得话语权,努力寻求机会增强实力,人脉资源就一定会慢慢拓展(吴飞、边晗、毕研韬,2013)。

第二,与掌握核心资料的机构进行合作。

据马来西亚相关方面称,关于失联客机的雷达资料交给了美国和中国。美国的媒体拿到雷达资料,使之变成了自己的独家新闻,但是中国的媒体并未掌握雷达资料(喻国明,2013)。也许中国媒体想要与国外的机构达成合作并获取重要新闻资源比较困难,但是在与国内的机构的合作上,中国媒体是具有先天优势的。如果国内媒体可以主动与国内机构合作,说不定可以从捷径获取重要信息。

第三,传统主流媒体应捍卫理性。

国内主流媒体在微博等平台过度煽情,而且似乎已经盖过了媒体探求事件真相的势头。不少新闻媒体为了抢发独家新闻,导致失误报道多次发生,对中国的民众造成了一定程度上的误导。因为马航事件关乎生命,国内媒体更应该以专业性和责任感为原则和出发点进行理性、科学的报道。

结　语

马航事件发生之后,立即引起了全世界人民的关注,世界各国的媒体都对该事件进行了长时间的跟踪报道。中国媒体在新闻报道的人文关怀方面表现不错,没有丧失新闻的公正性、任意地将事故责任归结于某一方。但是与以美国为代表的欧美发达国家的新闻媒体相比,中国媒体对新闻事件反应速度不够快,在第一手新闻的挖掘方面不具备任何优势,只能援引外媒消息,报道过程过于被动。电视新闻这一方面,虽然中国电视媒体一直在进步,但是与一些欧美发达国家相比,在技术和创新方面仍旧有很大的差距。针对在马航事件报道中暴露的问题,中国媒体应拓展自身在世界各国的人脉和采访资源,与掌握核心资料的机构进行合作,加强记者的专业性培养,坚持捍卫媒体理性。

参考文献

殷俊,邓若伊.从"毒饺子"事件看中日新闻报道的差异[J].新闻知识,2008(5).

宋相川,韦文杰.中日新闻报道的差异化研究[J].新闻世界,2011(11).

张丽,孙璐.中国电视媒体如何提升国际新闻传播力[J].新闻大学,2014(4).

王石川.报道马航事件媒体比拼软实力[J].北京观察,2014(4).

赫斯.国际新闻与驻外记者[M].陈沛芹,吴国秀,译.北京:中国时代经济出版社,2010.

吴飞,边晗,毕研韬.美国国际传播战略的几个关节点[J].新闻界,2013(8).

喻国明.以西方媒体国际影响力构建的模式为借鉴[J].新闻界,2013(2).

周海燕.突发灾难性事件报道策略研究——以国际主流媒体"马航客机失联"事件相关报道为例[J].新闻记者,2014(3).

唐亚男.中美报纸马航事件报道框架探析——以《人民日报》和《纽约时报》为例[J].山西大学学报,2015(2).

张振华.全球化语境与新闻传播[M].北京:中国国际广播出版社,2010.

AKB48 的成功与现代日本人的心理诉求

◈ 王君莲

引　言

关于 AKB48 所取得的成功,许鹏(2014)在《"格子裙"舞出的商业奇迹——解析日本偶像团体 AKB48 的运营模式》中对其以"可以见面的偶像"为宗旨所创造的商业奇迹方面进行了阐述。季成蹊(2016)在《宅文化经济之偶像领域 ——AKB48 国民偶像背后》中提出宅文化经济拉动了偶像领域的消费,像 AKB48 这样具有代表性的偶像团体不仅从经营模式上迎合了"御宅族"的需求,也让我们感受到了宅文化经济背后潜在的巨大市场。AKB48 在经济方面所获得的成功是有目共睹的,但我们更应该看到其成功背后的其他因素,本文从 AKB48 的构成与选拔方面分析其获得成功的因素,从而窥视日本社会的动向。

1.AKB48 的构成与选拔

1.1　成员选拔

最早招募成员时,招募海报上写的就是"想见到有个性的你",公司招募的不是最漂亮、最可爱的女孩子。2012 年秋元康在接受搜狐采访时说:"我选拔成员的标准是这样的:就像是(运营)一个学校那样,我会尽可能地去招募更多的学生。在她们来试镜的时候,审查委员会也不止我一个人,大概会有十几个人,我们会选择一些有亮点的成员进入我们的组合。她们会从研习生开始学习,并且有很多的训练。就像是挑选钻石的原石那样,对她们进行打磨锻炼。我认为这就是 AKB48 最有魅力的地方,我们会从中发现一些有魅力的成员,并且对她们进行培养。"①中心成员的选拔看上去采用了民主机制,即以粉丝投票的方式进行大选,然后团员参加猜拳大会,赢的人可以获得团队站位的中心位置。从 AKB48 的选拔过程来看,这个机制的中心秋元康在最初就没有按照固有的偶像选拔标准来进行选拔,参加选拔的女孩并不需要颜值特别突出,她们在学校里也是随处可见的普通女孩。但是秋元康的聪明之处在于让现在普通的她们在镁光灯的照耀下和不断努力中逐渐找到自己的定位,粉丝也能见证偶像们的成长从而投入更多的感情,在追星的同时获得满足感。

1.2 成员构成

AKB48 成立于 2005 年 12 月 8 日,是由秋元康担任总制作人的日本大型女子偶像组合,分为 Team A、Team K、Team B、Team 4 与 Team 8 五个队伍,还有作为"打工 AKB"的企划限定成员。

AKB48 名字中的 AKB 取自秋叶原(akiba),从组合成立之初到现在一直在秋叶原有组合专用的 AKB48 剧场,团员每天在剧场中表演,与观众面对面,拉近与观众的距离。AKB48 模式取得成功后,制作人秋元康先后在中国上海成立 SNH48、在菲律宾马尼拉成立 MNL48 ,中国台北的 TPE48 项目也在进行中。AKB48 在 2011 年入选世界成员最多偶像团体吉尼斯纪录,现在加上研习生,成员总数已经超过 500 人。

AKB48 是个庞大的偶像团体,并不是每名成员都能站在舞台的中心位置,管理这个团队不仅要靠经营者的有效管理还要依靠粉丝的支持与成员的坚持。看到本来与自己实力相当的成员逐渐成为团队中心成员而获得的

---

① 专访秋元康:AKB48 的对手,永远是自己[EB/OL].(2014-12-03)(2015-03-15).http://yule.sohu.com/20141203/n406632084.shtml.

信心,使得处于团队底层的团员能坚持下去。粉丝通过这个团体获得内心诉求的满足。这些都推动着这个偶像团体走向成功。

2.成功的原因——满足感、安全感

2.1 满足感

AKB48 成功的原因之一就是市场定位准确。AKB48 组合及其相关团体,堪称将"粉丝文化"发挥到极致的代表,其建立之初的市场定位就是面向现在日本亚文化的主力军"御宅族"。秋元康在论坛上也说过,AKB48 这个组合是用一种"男孩的心态"来打造的。对于男性粉丝来说,他们喜爱的是那种触手可及的偶像,而这种心理很符合 AKB48 的"能够见到的偶像"宗旨。AKB48 的出现及运行模式与以往的偶像团体的最大区别在于其平民性特征,从 2005 年出道至今,其都以位于秋叶原的专属剧场为中心每天进行现场演出,并且频繁举行握手见面会,从始至终保持着与粉丝的面对面的高度互动。此外,AKB48 的歌曲都会有相应主题,使粉丝有代入感从而产生共鸣,获得满足感。秋元康表示,在为 AKB48 的歌曲作词时,都会去回想学生生涯的点点滴滴,并将这些东西灌注在作品之中。

AKB48 成员最经典的形象是身着校服、露出充满元气的笑脸,这与大家身边的普通女孩没什么两样。[①] 而且,AKB48 也会在线下与粉丝互动,利用脸书、推特等社交媒体积极与粉丝沟通;参加各种电视节目,甚至还以纪录片的形式向粉丝传达自己的努力,并让粉丝见证自己的成长。明星育成是看得见的,粉丝们也乐于看到通过自己的支持和喜爱,偶像越来越出色,这种代入感让他们收获满足感。

2.2 安全感

秋元康在选 AKB48 的引领者的时候,选择了前田敦子。在当时的"神

---

① 原文为"クラスでいそうな感じ"。

7"中,每个成员都有自己的标签,例如大岛麻衣是长相不讨喜,篠田麻里子最具有话题性,高桥南最有活力,小嶋阳菜的大眼睛、中西里菜的笑容和板野友美的羊角辫也是各具特色,而前田敦子是最普通的。AKB48 的粉丝以10 岁到 20 岁的学生群体为主,他们正处于成长阶段,青春、有活力的同时又敏感被动、容易自卑。前田敦子的成功让这类粉丝看到了希望,让他们相信再普通也能获得关注和成功,这样自然会对这个团体产生亲近感。在一个比较安全的距离里去看一个不招人讨厌的普通人,往往会给人以安全感。

3.从 AKB48 看日本社会的变化

3.1 "偏差值精英"

日本的精英与其他国家的精英没什么两样,他们是处于社会顶端的少数人,拥有优秀品质的同时也拥有一定的特权。而被贴上"偏差值精英"标签的精英教育可能会让人觉得其与中国的应试教育很像。偏差值是对学生进行智力检测后通过一定的运算公式得来的,用来表示考生的水平。现在的"偏差值精英"在日本并不是很受欢迎,家庭主妇佐藤亮子的三个儿子都已考入东京大学医学部,最小的女儿上高一,也在准备考东大。从大众的视角来看,这家的孩子都算得上是精英。但是佐藤亮子的育儿方法却遭到质疑,她强制要求孩子从三岁开始就每天读书、听歌谣,不让看电视,如果按学者藤原正彦的标准来看,这样的精英只能被划分到偏差值精英类,对于国家来说派不上大用处。

日本人定义的精英需符合两个条件:一是优秀的教养,二是要有为国家奉献的精神。他们并不认为真正的精英的教养与精神能强制获得,所以佐藤亮子的教育方法才会引起争议。日本之所以大肆宣传国家精英,是因为这种精英越来越少见了。但日本社会对于精英的需求并不代表人们都想成为精英,精英高不可攀的同时也不可强求,大众内心更偏向与自己相似的一方。

3.2 日本人的心理诉求——远在天边,近在眼前

20 世纪 60—80 年代的日本处于经济高速增长时期和泡沫经济时期,出现了例如吉永小百合、山口百惠等这种近乎完美的偶像。她们的成功传说至今被日本民众津津乐道,这样的精英类偶像是普通人完全触碰不到的。随着经济泡沫破裂,日本陷入了长达 20 余年的经济不景气时期,社会氛围也不再那么积极,之前高高在上的偶像宣传模式也随之发生改变,变得更加关注粉丝的情绪。人们更希望在这个不够积极的大环境中找到让自己心灵获得安慰的生活方式。现在的日本人已经不再普遍崇尚第一了,大家更关注的是唯一。但是对于唯一,每个人有每个人的见解,"排名不是第一也一样是好的""没必要追求最好,做自己就好",可能就是这种见解侧面推动着次精英的出现。看起来人们都在追求个性、追求自我特征,但是其背后是受众想成为次精英的社会心理诉求。

4.偶像精英的衰落,文化本土化的崛起——AKB48 效应

4.1 AKB48 留不住偶像精英

AKB48 的成功还得益于人们广为熟知的总选举、剧场模式等,但在日本大众心里,其立足的根本是握手卖碟。这造成的恶劣后果很明显:演艺精英不进入 AKB48 根本无法在女子偶像界打拼,其他团体只能依靠别的途径,不能再走精英团路线。

就女子偶像团体来说,AKB48 队伍庞大,阻碍了其他的精英偶像的发展,其自身又吸引不了精英,也培养不了精英,甚至耽误了精英,因此整个女子偶像产业精英越来越少,其中一个表现就是平均颜值越来越低。

这也跟秋元康最初在 AKB48 人员选拔方面的策略有关。日本大众很容易给 AKB48 贴上负面标签:(1)唱歌不行、跳舞不行、演技不行、长相一般(实际上就是没有资源可以培养人才,并且招收不到精英人才,给人的感觉就是颜值不够。少数美颜精英完全挽回不了品牌形象)。(2)绯闻缠身,公

众形象早就陷入不堪境地。(3)话题消费达到饱和,而其握手机制无法彻底挽回团队形象,进入 AKB48 的精英越来越少。

4.2　文化本土化的可能

众所周知,御宅族是在日本发展起来的,他们对"萌"有着执着的追求,对于可爱文化也是推崇备至。二次元动漫中的萝莉、美少女、反差萌等都是"萌"属性的体现,是能够唤起"萌"的感觉的角色设定,是可爱文化的延伸。AKB48 成员具有以上多种"萌"属性,尽可能在完善"萌"属性的基础上,结合自身特点制造新的可爱点,从而抓住御宅族的"心"。可爱美学虽然不仅仅存在于日本,但在日本被发挥到了极致。"可爱"在日本人心中是小巧、好但又不是那么好、中意等意思。而 AKB48 的发展也有效利用了这种审美心理。没有高颜值但能说得上可爱,再加上行之有效的管理模式,将其推向了国际市场。其实日本在动漫、电视、电影、音乐、娱乐等方面的文化输出将本土化做到了极致。在跨文化实践中,吸收其他文化的有效经验再结合本土情况,为偶像赋予特定情感及文化因素是一种行之有效的手段。

上文提到的马尼拉的 MNL48 也好,台北的 TPE48 也好,这些姐妹团体形式上继承了 AKB48 的管理模式但内核已经变了。上海的 SNH48 从成立之初完全翻唱 AKB48 的歌曲到有自己的原创单曲,这一变化说明,偶像发展还是要根植本土,符合本土粉丝的口味。

结　语

AKB48 的成员得跟团队里的其他团员竞争,如果不努力、不拉票,哪怕还在这个团队里也会被忘掉,"下克上"才是永远的主流。而整个 AKB48 又要跟别的偶像或偶像团队竞争,道理是同样的。不管是忠实粉还是浮动粉,都只是看客,只不过对 AKB48 总选举"入戏"的深浅不同。粉丝想让跟自己相像的团员登上宝座,可能只是想满足现实中自己无法成为第一的心情。在他们心里,次精英可以成为精英。

其实很难说到底是 AKB48 的出现增加了人们对亚精英的需求,还是

AKB48 只不过顺应了人们既有的对于亚精英的需求心理。随着经济、网络的不断发展,人们已经不再满足于远远地观看别人的成功,人们真正渴望的是实现自己的价值。AKB48 作为一个地区的普通社会团体让人们看到这种渴望实现的可能,让人们看到偶像本土化更适合文化的输出。不要最好的也不要最差的,而是要平民化的精英、亚精英。AKB48 的成员选拔与构成可以映射这种情况。

参考文献

许鹏."格子裙"舞出的商业奇迹——解析日本偶像团体 AKB48 的运营模式[J].文化产业,2014(4).

喻欣湉.女子音乐偶像团体的"移植"发展策略——以 SNH48 与 AKB48 的比较分析为例[J].音乐文化产业,2015(3).

朱一歌.从 AKB48 看日本的偶像文化[J].神州,2014(14).

季成蹊.宅文化经济之偶像领域——AKB48 国民偶像背后[J].上海商业,2016(13).

张亮.一个 300 多人的偶像团队为何这么火?[J].销售与市场,2013(21).

侯晓颖.日本教育委员会制度的变迁——从 1948 年到 2014 年[J].外国教育研究,2015(10).

祁媛.日本的精英教育怎么样?无用的教养[J].世界博览,2016(3).

李文.日本国民心理嬗变的原理与趋向[J].社会文化,2010(3).

岳璐.框架分析视角下的粉丝报道研究[J].专家论坛,2012(10).

肯尼斯·伯克新修辞学视角下的
习近平主席英国议会演讲分析

◈ 王嘉煜

引　言

肯尼斯·伯克是美国著名的文学理论家,他对于 20 世纪的哲学、美学、批评和修辞理论都有非常深远的影响。作为一个修辞学家,他是第一个抛开传统修辞学而投身于新修辞学的人,他提出了许多理论,对后人有着深远的影响。因此,他也被很多人认为是新修辞学的代表人物。

休·邓肯曾评价过:"毫不夸张地说,当今有关交流的文章,无论它如何创新,其作者都是在重复伯克的言论。"除却休·邓肯外,还有其他人对伯克做出过高度评价,由此可见,在西方众多修辞学研究者中,肯尼斯·伯克是一位非常杰出的代表。

伯克的理论有很多,其中有两个理论十分重要——"同一"理论和"戏剧五位一体"理论。其中,"同一"理论反映了相应的修辞观念,包括人们究竟因为什么而达成共识;"戏剧五位一体"理论是最受欢迎的修辞批评方式,使用"戏剧"一词是因为戏剧是伯克寻求修辞动机的一种实用方法。也就是说,他将戏剧这一概念引入他的理论中,认为人们的生活就是一出戏剧,而人们所处的世界则是一个舞台,人们的日常生活就是在世界这个舞台上进行的表演。将这两个理论有效地结合在一起,能够帮助我们了解话语主体背后所表达的意思和修辞动机。

本文以习近平主席在英国议会发表的公开演讲为例,运用伯克的新修辞理论——"同一"理论和"戏剧五位一体"理论来解释政治言论话语的修辞过程,以及隐藏在其中的说话人的修辞动机等。

1.伯克的新修辞理论

1.1 "同一"理论

在传统修辞学理论中,修辞被定义为劝说的艺术,在具体的修辞策略中,它包括人物呼吁、理性呼吁和情感诉求。伯克认为:"你只能通过言语、姿态、音调、秩序、形象、态度、思想和一个人交流,从而说服他。"(Burke,1969:41)在亚里士多德的古典修辞的基础上,伯克将修辞定义为"人使用词语形成态度或导致他人采取行动"。修辞学是"植根于语言本身的一个基本功能……语言的使用是作为一种诱导那些可以本能地回应符号的人们之间相互合作的象征性的手段",包括口语和书面语。伯克认为修辞活动的本质和特征是"识别",人们总是有意或无意地处于一种寻求身份的过程中(Burke,1969:41)。也就是说,修辞不仅是一种"说服"行动,而且是一种人们自然交流的行为模式,可以让他们避免孤立、互相认可。

劳埃德·比泽尔(Lloyd Bitzer)称"同一"理论为"伯克修辞理论的关键词"(Lloyd Bitzer 1998:86)。正是因为有了分裂,"同一"理论才被真正地肯定。"同一"理论是对分裂的补偿,也就是说,"同一"理论是我们彼此疏离的解毒剂。同一的对立面是分裂,我们如何获得别人的认同? 我们如何获取和群体相同的认同感知?"同一"理论正是对此的解答。

伯克提出了获得认同的三种方式,即"同情认同"(identification by sympathy)、"对立认同"(identification by antithesis)和"误同"(identification by inaccuracy)。"同情认同"是指人们出于某种原因而具有相同的情感,由此对某一事物或现象产生共鸣。比如,在某一个场合,大部分观众均为"教师",如果演讲者具有教师的身份,那么他就会比较容易获得身份认同,观众也能因此获得相同的情感。"对立认同"是当一群人面临很大的威胁时临时形成的。这群人也许之前不认识,但在共同面临同一威胁时,他们会临时组成一个组合面对威胁,或者这群人本来处于敌对关系,但是当他们在面临比对方更大的威胁的时候,他们也会临时组成组合,共同面临更大的威胁或敌人。比如,二战期间,美国和苏联是劲敌,但是当他们面对同一个敌人——德国时,他们结成了同盟。"误同"是一种常见的思维认知错误。一般来说,"误同"通常是无意识的,并且这种认同类型的力量恰恰来源于无意识,实际上是一种非常强大的取得认同的方法。不准确的往往表现为人们自身思维的不准确。如今,随着科技发展,不准确的状况每天都会发生。比如,当我们看电视剧的时候,观众们往往会将自己代入其中的角色,会和电视剧中的角色具有相同的情感;当他们开心时,我们也会大笑;当他们害怕时,我们也会紧张;当他们悲伤时,我们也会哭泣;当他们愤怒时,我们也会生气。

1.2 "戏剧五位一体"理论

"戏剧五位一体"理论发表于《动机语法》(*A Grammar of Motives*)一书,它是伯克所有修辞学理论中最为著名的,也是最有贡献的。戏剧是伯克寻求修辞动机的一种实用方法。就是说,他将戏剧这一概念引入,认为生活就是一出戏剧,人们所处的世界是一个舞台,而人们每天的生活,其实就是在世界这个舞台上进行的一幕幕表演。在戏剧中,语言也不是一种工具,而是一种反映人们态度的"表现模式",人们通过语言来表现他们的态度,来"演出"戏剧。使用语言就是在表演。

其中,5个关键词组成了"戏剧五位一体"理论:"行动"(act)、"场景"(scene)、"施事者"(agent)、"方法"(agency)和"目的"(purpose)。"行动"是指已经完成的或者正在进行的动作。任何动词,无论它是具体的还是抽象的,全部都充满了意识和目的,比如叹气、演讲,这些都可以通过研究修辞者的动机来分析。"场景"是行为发生的背景、地点、场所,比如一个具体的时间——"2015年11月26日",或者对一个时代的描述——"文艺复兴时期""冷战期间",又或者是更宽泛的表达——"在一个发明原子弹的时代,人类还没有登上月球"。指定的场景可以帮助我们划分所分析文本的范围,因此十分重要。如何描写一个场景对评论家解读动机有很大影响。"施事者"是指完成行为的单个人或一组人。它包括表述人的概括性的和具体的词汇,以及表述人动机的一些词汇,比如"英雄"和"无名氏"。"方法"是指如何完成某一行为,使用什么工具或方法。比如,为了让学生得到好成绩,老师会给他们授课、布置作业、进行课外辅导以及定期测验,以检验他们是否取得了预期成绩。"目的"是指一个人做这件事情的原因。通常,我们做事都是有原因的。这个原因或许是公开的,或许是隐蔽的,更多情况下是隐蔽的、不为人所知的。目的和动机不同,动机更广泛。当我们分析别人说话的背后动机时,我们需要分析这 5 个因素。

为了了解不同的修辞动机,伯克引入了"比配关系"(ratio)这一概念来描述"戏剧五位一体"理论中 5 个元素之间的关系,将行动、场景、施事者、方法和目的分别用不同的方式进行组合,它们分别是:执行者—目的、执行者—方法、场景—执行者、行为—目的、场景—行为、场景—方法、行为—执行者、场景—目的、行为—方法、方法—目的。如果我们将每一对的顺序颠倒,那么另外 10 种完全不同的关系就建立了。每组关系的两个因素构成了一个因果关系,比如,场景—行为,在教堂这个场景中,适当的行为是祈祷,发出大的声音的行为则是不恰当的。不同的关系反映了不同的现实,所以当人们明确表达某一修辞动机时,他们会突出某一种特定的关系。

2.习近平主席在英国议会演讲的分析

2.1 演讲的介绍

演讲作为一种艺术活动,自古以来一直扮演着重要角色,它通常是指在公众场合,演讲人通过语言、体态来表达自己的观点、发表自己的见解、抒发自己的情感。在当今世界中,领导人往往都会发表重要的政治演讲,让听众了解自己国家的内政外交,巩固本国与他国之间的关系。我们通过语言来表达我们的政治观点。政治演说者的目的是感染听众,让听众"认同"他们的思想、情感和表达。那么演说者该怎么做呢? 本文将分析演讲者所体现的动机。

2.2 习近平主席在英国议会演讲的分析

对于动机,肯尼思·伯克(Kenneth Burke)指出,在表达每一个词的时候,它都具有多层内容,当我们讨论一个事物的时候,那个词语不仅包括其事物的本质,同时还有其他的隐含内容。我们可以通过分析人们使用什么样的关系以及关系是如何作用的来找到人们的修辞活动中的修辞动机。习近平主席在中英关系进入"黄金时代"的情况下,向英国民众传达了"中国的声音"。这是中国领导人第一次在英国议会发表演讲,此篇演讲向英国皇室、政治精英以及广大市民提供了一个直接的机会以听取"中国的声音",并帮助他们从一个更理性的角度了解中国的想法,同时也体现出不仅过去、现在中英两国关系密切,在未来中英也会继续巩固和促进两国的关系。为了了解习近平主席在这个演讲中所表达的想法是否得到了广泛认可,以及英国人是否通过这个演讲真正了解了中国,分析这个演讲的动机就显得十分必要。本文将把习主席在英国国会的演讲分为三个部分——相互学习、友谊和合作来分析。

2.2.1 相互学习

> ……英国是最先开始探索代议制的国家。早在 13 世纪,英国议会就初具雏形,成为世界上最古老的议会。在中国,民本和法制思想,自古有之。约 4000 年前,夏禹时期就有"民为邦本,本固邦宁"的说法。……2000 多年前就有了秦国的法典。现在,中国人民正在全面推进依法治国,既吸收中华法制的优良传统,也借鉴世界各国法治的有益做法,目标就是坚持法律面前人人平等,加快建设中国特色社会主义法治体系。……①

场景 1: 13 世纪

---

① 国家主席习近平在英国议会发表讲话(完整版)[EB/OL].(2015-10-21)[2016-03-14].http://tv.people.com.cn/n/2015/1021/c141029－27724374.html.

场景 2：约 4000 年前，夏禹时期

场景 3：2000 多年前

场景 4：现在

施事者：古代中国人，中国人民

方法：将中国已有好传统和其他国家的优秀做法相结合来治理国家

目的：加快中国特色社会主义的建设

在"相互学习"部分中，施事者是主导因素，施事者—目的是主导关系。首先，习主席分别提到英国和中国两个国家的不同政治制度，然后强调中国人民所追求的是努力建设中国特色社会主义，之后又强调为了加快这一目标实现所要使用的方式——不仅会运用中国自己的法律传统，同时也会借鉴其他国家的做法，将两者结合起来促进中国特色社会主义建设。另外，习主席也运用了"两国""交流互鉴"等具有双向意义的词语来表达两个不同的国家所拥有的一个共同目标——建立更完整、更健全的政治制度。所以，习主席运用了"同情认同"来让听众拥有同样的情感，从而产生认同感。

2.2.2　友谊

> ……回顾两国的交往史，我深深感到中英关系发展的源泉来自于两国人民的相互理解、支持、友谊。第二次世界大战期间，24名中国海军学员参加了诺曼底登陆战役，他们不畏艰险，英勇善战，受到丘吉尔首相的嘉奖。已故英国议院上院议员林迈可勋爵积极参加中国人民抗日战争，在极为艰苦的环境下，帮助中国改进无线电通讯设备，他还冒着生命危险，为中国军队运送药品、通讯器材等奇缺物资。……今年初，英国护士克罗斯在非洲从事志愿服务时不幸感染埃博拉病毒，中方应英方请求迅速作出特殊安排，将最新研制的药剂紧急送到英方手中，克罗斯因此战胜病毒。最近，英国议会上议院议员贝茨勋爵在中国开展了为期两个月的慈善徒步行走，他顶着烈日步行了约 1 700 公里，将募捐来的善款投

入到中国的慈善事业。……①

场景 1：第二次世界大战期间

施事者 1：24 名中国海军学员

行为 1：参加了诺曼底登陆战役

场景 2：中国人民抗日战争

施事者 2：已故议会上院议员林迈可勋爵

行为 2：给中国提供援助物资以及帮助中国修理无线电设备

场景 3：今年初在非洲

施事者 3：中方

行为 3：中国及时向英国提供最新研制的药物

场景 4：最近在中国

施事者 4：上院议员贝茨勋爵

行为 4：在中国进行慈善行走,最后他将自己所得到的行走善款全部都捐献给了中国慈善事业。

在"友谊"部分,施事者是主导因素,施事者—行为是主导关系。施事者—行为展示了话语的施事者如何通过其行为表现出他的品质。习主席提到了四个例子:在二战期间有中国海军学员参加了诺曼底战役,那时英国首相对此表达了感谢;已故英国议会议员在抗日战争时期给中国提供物资以及帮助修理无线电设备;中国及时向英国提供最新研制的药物以确保英国护士在感染埃博拉病毒后存活下来;英国议会议员在中国进行慈善行走,最后将自己所得善款全部捐献给了中国慈善事业,希望大家能够一起做公益、做慈善。这些例子,无论是中国对英国的友好援助,还是英国对中国的友善帮助,都显示了中英两国在中英友好关系发展方面做出的历史性贡献,反映了两国之间的深厚友谊。另外,习近平主席不仅提到中国对英国的帮助,也提到了英国对中国的帮助,同时还运用了"两国""中英关系才能跨越重洋、

① 国家主席习近平在英国议会发表讲话(完整版)[EB/OL].(2015-10-21)[2016-03-14].http://tv.people.com.cn/n/2015/1021/c141029-27724374.html.

发扬光大"等具有双向含义的词语表达了两国之间的互帮互助。所以，这里习近平主席还是运用了"同情认同"来让英国听众了解我们对他们的帮助以及他们对我们的帮助，让他们感受到相互帮助造就了两国之间的深厚友谊。

2.2.3 合作

> ……上个月刚刚举行了第七次会晤。两国立法机关代表就立法治国理政等议题开展了深入交流。英国议会还经常组织关于中英关系和两国在文化、低碳等领域合作的讨论，对中英关系发展起到了积极的推动作用。……①

施事者 1：立法机关代表

行为 1：建立了定期交流机制，举行会晤

施事者 2：英国议会

行为 2：组织关于中英关系和合作的讨论

目的：推动了中英关系的发展

在"合作"部分中，施事者和行为这两个因素是主导因素，施事者—行为以及行为—目的是主导关系。施事者—行为展示了话语的施事者如何通过其行为表现出他的品质。近些年来，中英两国定期交流，不断沟通，两国立法机关代表更是就立法治国理政等议题开展了深入交流，对中英关系发展起到了积极的推动作用。施事者—行为这一关系表示，一个行为的发出者在做出某一行为时，其背后通常要有一个相应的行为诉求。例如在这一部分中，习近平主席提到为了增进两国交流，促进两国关系的发展，两个立法机关采取了相应的措施，如建立机制、举行会晤、组织讨论等。

结　语

本文首先介绍了肯尼斯·伯克和他的新修辞学理论，通过他的新修辞

---

① 国家主席习近平在英国议会发表讲话(完整版)[EB/OL].(2015-10-21)[2016-03-14].http://tv.people.com.cn/n/2015/1021/c141029－27724374.html.

学理论——"同一"理论和"戏剧五位一体"理论分析了习主席在英国议会的演讲,发现此演讲运用了许多不同的关系,包括施事者—目的、施事者—行为和行为—目的这三个关系,以及"同情认同"来表达中英两国不仅现在和过去的关系是密不可分的,在未来,也将继续携手共进。另外,本文分析了中英两国友谊长存的修辞动机。我们可以得出结论:此篇演讲的修辞动机是中英两国应加强交往互访,增进两国的相互了解、相互支持,促进两国的合作提高到新的水平。

参考文献

ARISTOTLE.Rhetoric [M].New York:Random House,1954.

BURKE K.A grammar of motives [M].New York:Prentice-Hall, Inc.,1945.

BURKE K.A rhetoric of motives[M].Oakland:University of California Press,1969.

THOMAS B F. Landmark essays on contemporary rhetoric [M]. New York:Routledge,1998.

中日佛教观的比较

◈ 薛凯丽

引 言

佛教起源于印度,经由中国汉译之后传到日本。日本佛教的主要宗派间接或直接地来自于中国(郭青生,1998),是中国佛教的移植和发展(杨曾文,1989:88)。佛教经典中的有些内容经过中日两国翻译之后,其原本含义被舍去,随之被赋予了与两国文化相符的新的含义。经过一个漫长的本土化过程,两国形成了各具特点的佛教观。中日两国佛教观对于两国人民国民性的形成起到了不可忽视的作用。本文欲从无常、生死两个方面比较中日佛教观的异同。

1.中日佛教经典中"无常观"的比较

"无常"一词,在中国古典著作以及佛教经典中经常出现,并且拥有三个含义:(1)诸行无常;(2)五蕴无常;(3)无所谓有常、无常,即空的思想。

1.1 中国的无常观

中国的无常观,用具体的例子来究其内涵,浅显易懂。作为中国四大名著之一的《三国演义》中有这么一首诗:"滚滚长江东逝水,浪花淘尽英雄。是非成败转头空。青山依旧在,几度夕阳红。白发渔樵江渚上,惯看秋月春风。一壶浊酒喜相逢。古今多少事,都付笑谈中。"通过这首诗,我们可以了解到无常思想所包含的内容。长江水依然向东流去,但是,当时的英雄如今却在哪儿呢? 这正是世事无常的体现。对人生无常、世事无常的感叹,来自于对生命的珍视。当一个人真正开始感受到活下去的重要性和生活的美好时,才会从内心涌出对死亡的恐惧,害怕走到生命的终点。这种对死亡的恐惧和抵抗深深隐藏在每个人内心中,从而尽可能地避开"死"这个话题。中国伟大的思想家、教育家孔子曾说过这样一句话:"未知生,焉知死。""生"是儒家学说的核心观念之一。这句话表达的是对当下生活的重视,对死后之事的不关心。"未知生,焉知死"也是对中国文化无常观的解释与理解,是对"无常"彻底的感悟以及对人生的感叹。

1.2 日本的无常观

在日本文学中出现频率极高,并且渗透到日本民众精神深处的是万物流转的无常观,即扎根于日本人心中的"诸行无常"思想(佐藤正英,1977)。万物流转,没有不变的东西,诸行皆无常(孙楠,2013:20)。佛教无常观在传入日本之后被赋予的新内容,可以从日本文学中略窥一二。比如,鸭长明的《方丈记》中有这样一段话:"栖身之所,也不知为谁忧虑,因何庆幸。主人与住宅,争无常之相,无异于朝露。"这句话告诉我们,现世只是人暂时的居身场所,不是一成不变的,也不值得人信赖。这种观点很明显与中国的无常观不同。人生短暂,完全不知道自己从何而来、到何处去,世事变化无常,最后只能像朝颜花和露水一样消失不见,抒发了作者哀伤的情感。世间万事万物,都不得长久停留于世(张淼,2009:7)。因此日本人努力活在当下,追求人生价值,勤勉工作,在现世享受生活。与此相对,当一个人感觉活着再也没有价值的时候,便会果断选择终结自己的生命。

《方丈记》的开头部分这样写道:"逝川流水不绝,而水非原模样。滞隅水浮且消且结,那曾有久伫之例。世上的人和居也如此。"短暂的人生就像滔滔江河中微不足道的一滴水一样,转瞬即逝。生连着死,死接续着新生,生死不是对立的两面,是紧紧相连的,因此日本的无常观和中国的无常观不同。受这种无常观的影响,日本人不会避开死亡这个话题,并且能坦然面对。换言之,日本人不惧死亡,甚至在一定程度上轻视生命。

1.3 中日无常观的比较

中国无常观只限于思想意识方面,中国人通过无常观感悟人生,但日本无常观不只限于思想层次,还体现在人的行动上,而且这种无常观和生死观有紧密的联系。这也可以从一定程度上解释日本的自杀率为什么这么高。笔者并不是完全否定日本人的此种生死观,但是其有消极的一面也是不争的事情。人生无常,世事变化,我们应当舍弃其消极的一面,充分发挥生死观的积极作用,珍视每一个生命,努力过好每一天,实现生命价值的最大化。

2.中日佛教经典中"生死观"的比较

"生死"是佛教的深层主题之一,佛教告诉人们如何做才能实现来世往生。佛教在传入中日两国之后,受两国文化影响,其生死的意义也发生了变化。

2.1 中国佛教中的"生"与"死"

佛教传入中国之后,对生死的敬畏、灵魂说、因果报应、轮回转生等各种学说相融合,形成了新的生死观。受中国文化的影响,这种生死观又逐渐演变成道德准则。现世的所作所为,决定一个人死后灵魂是升入极乐世界、再次转世为人,还是堕入畜生道、转世为猪狗等动物,或者是堕入阿鼻地狱。受这种思想影响,中国人不仅要求自己在活着时注意自己行为,更追求死后灵魂的安宁。古时,为了逝者死后灵魂能得到安息,死者家属会请僧侣做法事,吟唱经文,哀悼亡灵,以求减少其生前罪恶。

另外佛教经典中"生"和"死"的问题,有"三世""因果报应""极乐世界"等系统的阐述。佛教主张,人有前世、今世、来世三世,有前世报、今生报、来世报三报。在前世、今世、来世三世之中,灵魂不死不灭,不断轮回。轮回时,一个人生前所作所为决定如何转生。极乐、地狱、畜生、鬼、阿修罗、人类,这是佛教中经常说的"六道",因果报应决定来世轮回至何处。这便是中国人经常提到的"善有善报、恶有恶报"。实际上,"生死轮回""因果报应"逐渐由外在的道德约束转变为内在的道德约束。人们日常的道德行为和命运的主导权都可以由自己掌握。在这种学说的影响下,人不论身份高低贵贱,都可以来世往生。人们对来世是转生为高官还是堕入畜生道极其关心。因此,与儒学中所主张的道德准则相比,佛教教义及其所主张的生死观更具有说服力,成为中国人道德伦理的支柱之一。

佛教主张,人生来便是多灾多难的,人生充满困苦。"四谛"①人生中的"苦谛"表示,人生来便要经历"生""老""病""死""爱别离苦""怨憎会苦""求不得苦""五阴②盛苦"八苦;主张"苦海无边,回头是岸"。因此,根据情况,死并不完全是一件坏事,有时是一种解脱,但是并不是说,人只要死了便可以脱离苦海,这与佛教主张相违背。人苦难的根源是对色欲、长寿、权力、金钱的追求,而且永远不满足。由这种意识或行为而招致灾难的后果,这就是"自作自受"。现世种什么"业",来世就收什么"果",三世不断轮回。因此,超脱生死轮回最重要的是消除欲望,做到无欲无求。没有欲望,人生就不会有各种业障。没有业障,就不会再次轮回,从而不死不灭。这就是佛教所说的"灭谛"。因此,为了登上极乐世界,人必须斩除一切欲望,摒除杂念,严于律己,不受外界诱惑。这为贯彻儒家思想"杀身成仁,舍生取义"而不断挣扎取舍的人提供了救赎的机会。

佛教看中功德的累计,提倡葬礼的简化,主要表现为逝者遗体要火葬。火葬是佛教传统的处理遗体的方法,也对儒家生死观产生了极大影响。

2.2 日本佛教中的"生"与"死"

佛教传入日本之后,从充满苦难的世界往生到极乐世界的"往生"思想和因果报应概念使得日本人对生死有了新的认识,即生前尽可能行善,死后不必经历苦难便可以到达极乐世界。这不管是在古代还是在现代都是日本人日常生活中基本的伦理道德准则。可以说,佛教中的往生思想已变成日

---

① 四谛:苦谛、集谛、灭谛、道谛。
② 五阴:色、受、想、行、识。这五种事情可迷惑人,导致各种业障。

本人生死观重要的组成部分，并不断本土化。

另外，佛教主张"死生一如"（徐静文，2013：40），即生就是死，死就是生，生与死没有明确的界线。在禅宗传入日本之后，"死生一如"的思想成为日本社会独特的生死观，特别是对武士道精神的形成产生了深远影响。武士道中对于死的觉悟以及切腹这种行为，是否定现世、追求来世的极端表现。在必须选择生或死的时候，必须选择死（黄粉莲，2015）。禅宗思想主张，一旦确定目标便只能前进，武士道精神就是要求人们要有这种超越生死的觉悟。武士经过长期修行，可以从苦痛中解放出来，同时也相当于达到了死的境地，即"死生一如"的境界。镰仓时期，深受禅宗影响的武士阶级生死观和深受净土教影响的死生观由此兴盛。

佛教对日本生死观的影响还体现在葬礼仪式上。现在日本葬礼仪式的主流是火葬。元兴寺文化财产研究所研究部长狭川真一对火葬盛行的理由做了以下推测，"中世以后，高野山各地有名的寺庙将遗骨分开收纳，这与祈祷极乐往生的贵族的纳骨信仰有关"。但是随着时代的变迁，日本人的葬礼仪式以及墓地意识也发生了极大的转变。例如，逝者的葬礼只有亲近者出席，或者不举行葬礼。另外也出现了不同于火葬的树木葬，墓的形式以及葬礼习俗也逐渐趋于多样化。从"关于日本人生死观的调查问卷"中就可以看出这些变化。关于葬礼，212 个人中有 73 人（34.4%）选择"简单而严肃的葬礼"、62 人（29.2%）选择"希望有一个鲜花包围的葬礼"、57 个人（26.9%）选择"不举行葬礼也没有关系"。关于墓地的场所，将近半数人选择故乡或者是子女比较容易到达的地方。这与中国人所考虑的"落叶归根"有相通之处。从这里可以看出中日两国文化的相似之处。剩下的半数人选择"墓地在哪里都没有关系""即使没有也没有关系（看子女怎么处理吧）""更趋向于没有"。根据以上回答可以看出，日本人对于葬礼仪式的重视程度也在逐渐变化。日本的本土宗教神道教主张人死后是去往黄泉国的，而在佛教中，是根据人生前所行善恶来判定一个人是去往极乐世界还是打入阿鼻地狱的。这些思想随着日本社会与思想文化的发展，不断适应社会需要，与日本各个时代的文化相融合，形成了日本人特有的生死观。现在日本人的生死观更倾向于：无论生前是什么样的人，死后都可以成为神灵。从"关于日本人生死观的调查问卷"中的"对于人死后的看法"这一问题的回答可以看出日本人当前的生死观。85.5％的日本人回答，不管人生前做过何种事情，犯下多少业障，也不管死后业障是否消失，人都会迎来相同的审判与裁决，去处也是相同的。这是日本近世的国学家本居宣长的"众生平等，善人也好恶人也罢，人死后都是去往黄泉国"主张。但是本居宣长也主张"即使是凡人，根据尊卑、智愚、强弱，死后也会有区别，所以在现世有必要尽量努力提高自己的地位，不断变得强大"。虽然日本人认为不管人生前犯有何种罪孽，它们都会随着死亡而消失，但生前地位不同，其结果也有所不同。这其实与中国佛教中的生死观有相似之处。为了死后或来生能获得较高的地位、较强的心智，日本生死观提倡生前尽可能不做坏事，多行善事。

2.3　中日生死观的比较

中国佛教生死观主张因果轮回，"善有善报，恶有恶报"，根据今生作为决定来世去处。行善之人，死后灵魂可以升入极乐世界；作恶之人，堕入地狱；十恶不赦之人，可能万世不得轮回，在地狱中受灾受难以洗去生前罪恶。中国佛教生死观肯定生命，重视现实的生活状态（秦雯，2012）。日本佛教生死观则主张，不管生前犯有多少过错、做下多少恶事，它们都会随着死亡消逝，人也会重返清净。所以当日本人犯下过错之时，会以自杀的方式来谢罪。在中国，犯下错误后选择死亡的人，则会被认为是懦夫，这是一种逃避的表现。

结　语

佛教起源于印度，传入中日两国以后，逐渐与两国文化相融合，形成了不同的佛教文化，对于两国国民性的塑造起到了不可忽视的作用。通过中日两国无常观、生死观的对比可以发现，中国人大多通过无常观感悟人生，日本人则在具体行动上体现出无常观，而且其无常观和生死观有着紧密联系。其他方面也有不同，比如说日本僧人可以肉食妻带，但中国僧人不可以。日本佛教与其固有宗教——神道教相融合，提倡"本地垂迹说"。通过解读中日两国佛教背后的文化来理解其行为模式,对于探究中日两国国民性具有重大意义。

参考文献

黄欣.日本と中国の諺から見る人生観・死生観について[J].Multicultural studies,2003(3).

徐静文.日本人と中国人の死生観を読み解く:文化の違いに基づき、実践調査んを参考に[J].Publisher,2013.

佐藤正英.無常の文学[M]//田村芳朗,源了圓.日本における生と死の思想.東京:有斐閣,1977.

郭青生.中日佛教入世精神的比较研究[J].浙江学刊,1998(04).

孙楠.中日两国生死观的比较研究[D].哈尔滨:哈尔滨理工大学,2013.

张淼.《平家物语》与《三国演义》无常观之比较[D].长春:吉林大学,2009.

秦雯.从自杀行为比较中日生死观[D].武汉:武汉科技大学,2012.

楼宇烈.中日近现代佛教的交流和比较研究[M].北京:宗教文化出版社,2000.

黄粉莲.中日韓の比較視点から見る武士道の精神と日本人の死生観[D].延吉:延边大学,2015.

杨曾文.中日佛教的比较[J].哲学研究,1989(1).

儿童语言习得的影响因素研究

◆　王婧怡

引　言

　　语言是儿童打开世界大门的钥匙,儿童通过语言认识世界、了解世界。儿童未经成人教育,便能系统习得母语的语法规则、掌握母语词汇,从字到词到句,逐步说出他想要表达的内容,甚至自己从未听到过的话,这是一个值得研究的有趣现象。儿童语言习得的过程受到很多因素的影响。在这一过程中,儿童既受到自身生理条件的限制和外界环境的影响,又表现出一定的创造性。儿童语言习得作为语言学研究的一个分支,涉及人类学、社会学、认知心理学、神经学等许多相关学科。乔姆斯基、斯金纳、麦基等多位语言学家已从儿童语言习得与认知语言学等多个角度对儿童语言习得进行了剖析。该文旨在通过研究儿童语言习得的过程、途径以及影响儿童语言习得的内外因素几个方面,探讨儿童语言习得这一现象背后的奥秘,有助于更好地针对儿童进行母语教学。

1.儿童语言习得定义

　　学术界关于儿童语言习得的定义有多种。习得是一种在没有明确意识的情况下进行的非正式学习活动,并且在这种活动中,自然而然地从与他人的互动中获得某种能力。儿童语言习得指的是婴儿出生后,在他日常所处的语言环境中,通过与周围人的言语互动,在不知不觉中自然而然地掌握第一语言(通常为本族语,或称母语)能力的过程。儿童的母语习得是通过大量接触语言完成的,儿童在交际中掌握语言,不注重语言形式而注重意义。

2.儿童语言习得过程

说话被认为是人类所习得的最难的技能,虽然人在出生后的几年内已经学会说话,但是需要 15 年以上的时间才能使语言达到成年人的水平(Mackey,1967:126)。幼儿从呱呱坠地起便踏上了语言习得的道路。儿童语言习得的过程可以分为四个阶段,即咿呀学语阶段、单词话语阶段、双词话语阶段、成人句阶段(童之侠,2015)。

婴儿从呱呱坠地起便开始了母语的学习和应用,出生约半年后就能发出一些类似正常单词的声音,也就是我们常说的"牙牙学语",此时进入语言习得的第一阶段。在这个阶段,婴儿发出的声音多由一个辅音和一个元音组成,而且会有节奏地不断重复,例如"咕咕""喀喀"等。

当长大到约 1 岁时,幼儿便开始"蹦单词",进入语言习得的第二阶段,即单词话语阶段。处于第二阶段时,幼儿仅仅具备非常有限的语言资源,通常是一个个分开的、孤立的单词,而且这些单词可以在不同的语境下表达多种不同的意思。例如,许多幼儿说出的第一个词"妈妈",在不同语境下,幼儿用"妈妈"这个词表达不同的意思,如"妈妈,到这里来""妈妈抱抱我""妈妈我饿了""这是妈妈"等。一般情况下,直到 1 岁半幼儿都处于语言习得的第二阶段。

再长大一些,大部分幼儿就开始进入语言习得的第三阶段了,即双词话语阶段。进入这个阶段的幼儿开始以较快的速度提高自己的语言表达能力,同时,他们说出的话语结构也不再像前两个阶段那么简单,而是逐渐变得相对复杂,例如"爸爸车车""宝宝玩具""妈妈花花"等。由于句子不完整,处于双词话语阶段的幼儿的话也经常可以表达不同的意思。此外,在双词话语阶段,幼儿说出的话或者说单词,通常是实词,而不是功能词,比如"一个""给""向""能"等出现频率比较小。

36 个月大小的时候,幼儿已经可以掌握大约 1 000 个单词,也能够掌握大多数日常会话所需的基本句法。在这一阶段,幼儿的语言交际能力突飞猛进,在和他们对话的时候,我们已经可以听到所有类型的句法了。他们不仅能准确地对应话语的内容,而且可以对话语产生自己的理解,并且用带有自己理解的语言来描述一些他们并没有直接感知过的事物。到这个时候,母语的习得就基本完成了。

也有学者对这种划分方法提出异议,如有的学者提出,单词句、双词句等的划分仅仅是根据儿童语言形式的不同,而儿童习得词组这一关键事实并没有在这一分类中有所体现。有的学者认为儿童语言习得阶段应当分为词语法、词组语法、句语法三个阶段。在词语法阶段,儿童语言的句法单位是单词,其语言形式是单词句、双词句和电报句。在词组语法阶段,儿童语言的句法单位为词组,出现了词组作为一个整体而运用的现象。在句语法阶段,儿童语言的句法单位又增加了小句,出现了小句做句子成分的句子、逻辑语义关系正确的复句等(陈向明,2003)。

3.儿童语言习得途径

婴儿从呱呱坠地起便开始接触母语,母语环境一直伴随儿童成长。在这个过程中,儿童逐渐从"牙牙学语"到单个蹦字到说出一两个不连贯的词,再到完整地说出一个句子、一段话,这是不断观察、模仿、吸收、创造的结果。儿童在语言习得的过程中,通常会采取以下几种方法。

3.1 模仿

婴儿最初习得语言的最常见的方法就是模仿。成人向儿童示范某种言语后,儿童对其全部或部分进行重复,即模仿。模仿也有不同的阶段,最初的模仿大多是完全重复或部分重复周围人的话语内容,模仿的内容大部分为词语。随着语言习得的深入,婴儿语言水平不断提高,最初的简单模仿开始逐渐升级,变为对句子结构的模仿,并且开始对模仿的内容加以分辨和选择。最常见的就是"提问式示范",如大人问"糖糖给谁吃?",儿童会选择性地模仿"给爸爸""给妈妈""给奶奶"等。

3.2　替换

当幼儿逐渐具备较高水平的模仿能力并且掌握一定的语法后，他们开始不再满足于重复他人的话语，而是对其中的部分内容进行替换，从而使原有的模仿对象变成新的句子。儿童逐渐可以说出各种结构类型的句子，表达出的内容也越来越丰富，如：我的妈妈、我的袜袜、我的饭饭。

3.3　扩展

第三种语言习得的方法是扩展，包括扩展句子的结构和内容，通过这种方法，儿童能够表达的内容更加丰富，说出的话语也更加有层次。如：我要故事书，白雪公主的故事书；爸爸开车走了，开红色的车走了等。

3.4　联结

第四种语言习得的方法是联结。联结就是儿童把已经掌握的、内容上具有一定相关性的句法结构连起来，组成更为复杂的句法结构，从而增加语句的长度和层次，表达更多的意思。例如：玩具不见了，找找看，我去找找看；爸爸走，走开不许看，等等。

4.影响儿童语言习得的因素

儿童语言习得是一个非常复杂的过程，在这一过程中，儿童既受到自身内在条件的限制，又时刻被外界环境所影响（巩晓、钟家芬，2004:48）。这些内外因素相互交织、相互影响，在儿童语言习得的过程中扮演不同的但十分重要的角色，共同影响着儿童语言习得的结果。

4.1　内部因素

每个婴儿在出生之初，生理上就存在着与其他人不同的地方。即便处于完全相同的语言环境中，每个幼儿习得语言的过程和结果也会有所不同。

不可否认,幼儿自身的内部生理基础是影响儿童语言习得的重要因素。个体大脑的语言中枢、思维和智力等,都是儿童语言习得的生理基础。

4.1.1 语言中枢

大脑的左半球和右半球有着不同分工。通常来说,左半球"主管"语言学习,这里有我们的语言控制中枢。曾经有科学家做过实验,如果一个人的左脑被麻醉,他就无法说出他熟知的一些事情。不幸的是,有研究表明,我们的语言控制中枢并不是越来越"好用",而是随着年龄的增长逐渐衰退,尤其是青春期过后,语言习得能力就几乎丧失了。因此,语言学界有一种关键期理论。20 世纪 60 年代,伦内佰格(Lenneberg)首先在《语言的生物学基础》一书中提出语言习得的关键期假说(Critical Period Hypothesis)。他认为,幼儿在青春期之前,大脑中的语言控制中枢非常活跃,因此语言习得相对容易。过了青春期之后,大脑发育成熟,不再具有幼儿时期那样敏感的神经系统,语言控制中枢逐渐衰弱,掌握一门语言就变得比较困难。有的学者对移民到美国的人进行研究,这些人的母语都不是英语,但有的是很小就到美国定居,有的是成年之后才到美国。研究表明,7 岁之后去美国的人,掌握英语的水平明显低于更早接触英语的人。当然,这并不是说青春期之后就学不会外语了,而是说学习的过程可能比较耗时耗力。

4.1.2 思维

接收到客观事物的信号之后,大脑会对此做出一定的反应,这一过程就是思维过程。思维和语言不同,二者有类似之处,但并不同步。也就是说,思维总是比语言更早一步。对于一个事物,我们通常是先对它有一定的理解,然后再用语言描述它。举个例子,有的时候我们会想说出一个东西的名字,这个东西在我们的思维中是明确存在的,但就是想不起叫什么。在儿童语言习得的过程中,他们也是先理解一个事物是什么,然后才学会用语言去表达,发出这个事物对应单词的声音。如,当父母叫婴儿的名字时,他虽然还不会说自己的名字,但是已经知道父母是在叫他,会有眼睛看向父母等相应的动作。

4.1.3 智力

智力和语言能力并不是直接挂钩的,智力问题并不对儿童正常习得语言造成关键障碍。即使是智力低下的儿童,只要大脑的语言控制中枢没有问题,照样可以习得语言。但是,不可否认,智力对儿童后期运用语言的能力会产生一定的影响。当正常智力的儿童逐渐提高自己的语言运用能力时,已经掌握一定语言但智力低下的儿童由于语言运用能力受限,表达复杂事物的能力和逻辑能力都会逐渐与正常智力儿童拉开差距。通常,他们也可以运用简单的语言进行表达,但在进一步发展自己的语言能力时就力不从心了。

4.2 外部因素

除了上述个体大脑的语言中枢、思维和智力等儿童语言习得的生理基础外,外部环境对儿童语言习得也会产生至关重要的影响。生理基础相似的儿童如果生长在不同的外部语言环境下,其语言习得的结果可能会有很大的不同。影响儿童语言习得的外部因素多种多样,以下介绍最主要的几种。

4.2.1 语言输入

美国语言教育家克拉申(S.D.Krashen)曾提出"输入假设"(Input Hypothesis)(1982)。在具备了习得语言的生理基础之后,儿童必须接触语言,才能逐步掌握语言。使一个儿童获得语言能力的第一步就是给他"输入"语言,让他不断地听一定量的语言。如果一个人只具备掌握语言的生理基础,但完全不接触语言,那他就不可能习得语言。曾有一则社会新闻:一个小女孩从小被关在一个与外界隔绝的小屋子里,从来不和别人说话,后来当她走出小屋子时,虽然是一个生理上健康的孩子,语言中枢系统也正常运转,但是她并不会说话。可见,在儿童语言习得的过程中,必须对他进行一定量的语言输入,使他和外界语言环境充分接触,才能不断提高他的语言能力。

4.2.2 语言观念

不同文化观念的人,语言观念也不同。语言观念是一种文化在语言上的反映。在语言观念方面,中国人根深蒂固的传统观念是重书面语而轻口语。从古代科举考试到现在的中考、高考,都是书面考试居多,口试或者面试较少。这一点在英语教学方面尤其明显,有的地方的孩子能在考卷上拿到高分却完全开不了口。相反,在西方人的语言观念里,口头表达能力胜过书面表达能力。在公元前5世纪的古希腊,人们通过公共演讲来表达观点,吸引他人的关注和赞同,这是参与政治和社会生活的重要方式。现代西方选举中也经常用到演讲、游说等口头表达方式。因此,在儿童语言教育方面,西方自然而然地更加侧重口语能力的培养。

4.2.3 文化符号

语言是文化的重要组成部分,也是文化的外在表现方式。具有相似资质的儿童,在学习不同种类语言的时候,会出现掌握速度、说话习惯等方面的不同。这是因为在学习时不同语言会因其自身的特点具有不同的难度。

比如,对"美的""好看的""香的"等形容词的表达,汉语相对简单,没有人称、时态、格等变化,而在法语、德语等一些其他语言中,形容词有性、数、格的变化,需要根据情况进行多种变化,比较复杂。因此学习汉语的儿童比学习法语、德语的儿童更早掌握形容词的用法。

4.2.4 家庭文化

从婴儿呱呱坠地到上学前,他接触最多的语言环境就是家庭。和家人的语言交流是婴儿习得语言的源头,所以,家庭文化对儿童语言习得的影响不言而喻,这包括家庭成员的文化观念、受教育水平、语言习惯等。一般来说,受教育程度相对较高的父母,掌握的词汇量比较大,用语更加复杂、规范、礼貌,对难度相对较高的抽象词语、复杂句式的应用较多,因此教育出的儿童的语言习得能力也相应地比较强,能够更早具备相对复杂的思维能力。历史上有很多家庭人才链,原因之一便是家庭成员之间交谈的话题相互影响,使孩子较早习得这方面的知识,从而打下很好的基础,如大仲马、小仲马,苏洵、苏轼、苏辙,等等。

4.2.5　地域文化

地域文化也会在语言中有不同程度的反映。方言是最明显、典型的代表。如果父母分别是两个方言区的人,孩子会更早地接触两个方言区的方言,并且不同程度地受这两种方言的影响,比如掌握一些方言中的词汇,如"好得很""赤佬""局器"等。饮食习惯也会影响儿童语言的习得,比如四川人喜食辣,当地儿童对"辣"的掌握就比江浙一带的儿童早一些。

4.2.6　性别文化

生活中,通常女孩比男孩开口说话早且说得清晰,再长大一些,女孩的语言能力也比男孩强,更"能说会道"。这并不完全是由于男孩和女孩的生理基础不同。应该说,男孩和女孩在生理方面确实存在一定差异,但是这种生理差异对他们的语言习得能力并不造成太大影响。造成男女语言习得方面差异的是人们对不同性别的孩子期望和要求不同。人们普遍认为男孩不应该"嘴太碎",沉默对男孩来说是一种"踏实""稳重"的体现。所谓父爱深沉如山就是这个意思。因此,在教育男孩时,难免有意无意地在这方面加以引导。

4.2.7　民族文化

当儿童成长到一定年龄后,他的语言习得能力不再只受到或者说主要受到家庭文化的影响,同时也受到家庭所在的民族文化这个整体大环境的影响。一个民族的文化会通过语言的方式固定化,一代一代传承下去。

比如,中国的民族文化中有"中庸""趋同""枪打出头鸟"的思想,教育也相应地强调不出格、不体现个性,因此在夸奖孩子时经常用到"乖宝贝""真听话"等。而西方人欣赏每个孩子的个性,通常鼓励孩子表达自己的看法、展示自我能力,因此"真勇敢"等词经常出现在西方孩子的日常语言交流中。

结　语

儿童语言习得是一个复杂的过程。在这个过程中,内部因素包括语言中枢、思维、智力,外部因素包括语言输入、语言观念、文化符号、家庭文化、地域文化、性别文化、民族文化等,它们相互交织、相互影响,在儿童语言习得的过程中扮演不同但十分重要的角色,共同影响着儿童习得语言的结果。通过探析儿童语言习得的过程、了解相关的知识,将有助于我们更好、更有效地对儿童进行早期语言教育。

参考文献

MACKEY W F. Language teaching and learning analysis[M].Bloomington:Indiana University Press,1967.

KRASHEN S D. Second language acquisition & second language learning[M]. Oxford:Pregamon Press,1982.

陈向明.实践性知识:教师专业发展的知识基础[J].北京大学教育评论,2003(1).

童之侠.当代应用语言学[M].北京:中国传媒大学出版社,2015.

巩晓,钟家芬.影响儿童语言习得的因素分析[J].喀什师范学院学报,2004(5).

周国光.儿童语言习得理论的若干问题 [J].世界汉语教学,1999(3).

从肯尼斯·伯克的"认同说"透视唇膏广告

◈ 李沅原

引 言

当今时代,广告这种新兴艺术在我们的生活中可以说无处不在,已成为我们生活中重要的一部分。它不仅影响着我们的生活选择、改变着我们的审美观念、刷新着我们的艺术认知,还不断触发着商机,维系着社会的经济脉络。因此,广告也成为诸多研究领域关注的焦点。广告这门艺术与很多学科都有交叉,比如心理学、传播学、文体学、语用学、修辞学等。我们其实可以把广告制作看成一种使用修辞的活动。广告将商品生产商、商品与广告受众联系起来,通过各种修辞手段让广告受众接受说服,产生消费欲望,从而进行消费。广告中色彩、音乐、人物以及语言的运用,无不体现着修辞的艺术,只不过人们很少通过这个角度对广告进行研究。在本文中,笔者就将运用肯尼斯·伯克(Kenneth Burke)[①]的新修辞学学说对唇膏广告进行分析和解读。

其实早在 21 世纪四五十年代,肯尼斯·伯克就提出了著名的认同说。不过我国学界对于伯克理论引入得较晚,近年来才慢慢用于实践。本文希

---

① 肯尼斯·伯克(Kenneth Burke),生于 1897 年 5 月 5 日。他是美国著名的修辞学家,其理论对于 20 世纪以来的哲学理论、批评理论、修辞学理论等都产生了深刻的影响。伯克提出的新修辞学首次将修辞学带离了传统修辞学的旧路,并将文学视作一种"具有象征性的行为"。伯克不仅专注于文学文本,更关注着文本中与受众进行互动的因素,如文化、历史、政治背景等。

望带领读者从这一角度透视广告,了解广告创作者是如何使用肯尼斯·伯克新修辞学的三种"认同"策略,即同情认同、对立认同和误同,来选择广告的修辞方式,建立与受众的"共同认识",使其对广告形式产生认同,进而使其对广告中的商品产生认同的(James A.Herrick,2005:99-126)。希望本文能够帮助读者理解广告是如何运用修辞实现目的的,并能为广告艺术的研究提供一个新的角度。

1.肯尼斯·伯克的认同说

肯尼斯·伯克是新修辞学的开创者与奠基人。在亚里士多德修辞学的基础上,伯克从许多方面对其进行了丰富和升华,这一研究为20世纪西方修辞学的复兴奠定了基础。

在古希腊,修辞学叫作修辞术。亚里士多德(1991)把修辞术定义为"一种能在一个问题上找出可能的说服方式",即为了说服受众,演讲者采用一切可能的方式与受众建立起一定联系,使得两者之间亲密起来。而伯克则在此基础上重新定义了修辞学。他认为,我们对于修辞的研究其实是在探讨如何"劝说"。修辞最基本的功能是"人使用词语形成态度或导致他人采取行动"(陈莉红,2009:1)。这种定义似乎仍与"旧"修辞学定义相似,是以劝说为中心,然而伯克升华了它的核心。他认为,传统修辞学是研究、指导人们怎样利用具体的技术来劝说,而新修辞学是让受众形成一种态度,从而影响受众的行动。伯克在一次学术演讲中阐释道:"如果要用两个词概括旧修辞学与新修辞学之间的区别,那么旧修辞学的关键词我归纳为'规劝',这是有意的、有设计的,而新修辞学我归纳为'认同',其中包括了一部分无意识的因素。"与"规劝"相比,"认同"挖掘的是更普遍的情感(黄超凡,2011:78-79)。

伯克(1998)认为人与人之间从生理上来说是彼此孤立与分隔的,这导致了人类的分歧和冲突。但人类作为一个物种,有着相似的外形,相似的感情认知能力,相似的社会、生活经验等,这些都是人类获得"认同"的基础。这就是伯克提出的"同质"概念。修辞学家就是在这一基础上提出了"认同"

说。因此,获取认同不仅仅在于言语上的劝说,也在于所用的手势、表情、观念、态度是否与受众相同或相似。如果相同或相似,则能够在劝说者与受众之间建立起"同质"这一联系,获取认同。就这一观点来看,"认同"将修辞的概念扩大了,修辞不再单单集中在语言上,而是扩展到了劝说者行为的方方面面。伯克并不认为"认同"可以代替"劝说",而是认为其是对"劝说"的补充。这也是我们能够将伯克的新修辞学用于广告分析的基础。

伯克的新修辞学将"认同"分为以下三种类型。

1.1 同情认同

同情认同是一种强调共同情感的认同。人作为一种社会动物,有着相似的情感认知能力,如劝说者设身处地地为受众着想,或表达了与受众相似的经历、感情、观点,则会获取受众的认同。在中国的文化中,有"他乡遇故知"的古语,这就是同情认同的一种表现。这种"换位思考""设身处地"的方式也最利于拉近劝说者与受众的距离。同情认同最接近亚里士多德提出的"规劝",但它的涵盖面更加广泛,在后文的具体例子中,笔者会详细说明。

1.2 对立认同

对立认同是通过树立一个共同的"对立面",与受众形成联盟,从而获得认同。这个共同的敌人可能是有形的,比如脸上的雀斑之于爱美的女性、肚腩上的肥肉之于忙碌的上班族、难以清洗的污渍之于家庭主妇;也可能是无形的,比如不讲卫生的观念、某个事件造成的威胁感。指出这个对立面,与受众站在同一战线,指出对抗方法,更容易获得受众的认同。

1.3 误同

误同是伯克认同说中颇具哲思的一个。它是由不正确的认知引起的,是一种无意识层面上的劝说。误同是指,劝说者通过一些方法,使受众对自己所处环境产生误解,从而予以认同。比如,平价类汽车经常使用普通人的形象进行宣传,因为普通人的形象更容易让平价类汽车的受众联想到自己,普通人开车时展现的一家和乐、安全美满的画面,则容易让受众误认为购买此款汽车能够达到画面中展示的状态,从而产生消费行为。这种认同的达成过程是不动声色的,这就让受众更加难以抗拒。

笔者将从这三个方面对唇膏类广告获取认同的方式进行解读。值得提出的是,广告是一个复杂的艺术体,它的表现方式是多样的、立体的,我们不能想当然地用"一个萝卜一个坑"的方式进行分析,而是要用"横看成岭侧成峰,远近高低各不同"的态度去透视,这样才能真正体会广告的奥妙。下文中,笔者将通过具体的案例进行解读示范。

2.广告与广告的修辞性

所谓"知己知彼,百战不殆",在开始案例分析之前,我们首先应该了解什么是广告,广告为什么具有修辞性,这也是我们研究的基础之一。

2.1 广告的界定

中文"广告"一词有广而告之的意思。它是为了某种特定的需求,通过媒体公开地、广泛地向公众发布、宣传信息的手段。广告有广义广告和狭义广告两种。广义广告既包括经济广告,也包括非经济广告。非经济广告指不以营利为目的的广告,如公益广告;经济广告,又称商业广告,就是狭义上的广告,这是指以获取利益为目的的广告。

广告的概念可以追溯到拉丁文中的"advertere",其意为"注意、诱导、传播"(姚先锋、沈李丽,2009:3)。中古英语时代演变为"advertise",其含义衍化为"通知别人某件事,以引起他人的注意"。直到17世纪末,英国的商业活跃,各类活动规模进一步扩大,该词得以广泛地使用。

1894年,美国现代广告之父 Albert Lasher 提出"广告是印刷形态的推销手段",首次真正提到了劝服的观点。1948年,美国营销协会定义委员会提出了一个广告的定义:广告是由可确认的广告主对其观念、商品或服务所作之任何方式付款的非人员式的陈述与推广。这个定义至今仍有较大的影响力。

从这些定义我们可以看出,广告的终极目的是获取认同。广告作为一种宣传的手段,其实质是引起受众的认同,促使受众接受广告宣传的价值观念并付诸行动。正因如此,广告与修辞学才有了紧密结合的基础。

2.2 广告的修辞性

广告是具有修辞性的。上文中提到,获取"认同"是劝说者通过与受众类似的话语、表情、手势、态度等来劝服受众的过程,而广告对用户心理产生影响的过程与此类似。

广告的创作者也许大部分没有研习过修辞学,但他们在无形中使用着修辞策略来制作广告。在这里,广告的创作者也许没有与受众面对面地交流,但是他们运用了一个个符号来影响受众。广告中的音乐或舒缓或刺激,或忧郁或活泼;广告中的颜色或清新明快,或稳重锐利;广告中的人物形象或脱胎于普通人,或是星光熠熠的名人。这些符号营造出一个个诉求,去"打动"受众,即获得受众的"认同"。这种过程本身就极具修辞性。

3.广告中的认同说分析

笔者认为,每一个广告都是一场快速的心理战。视频广告的制作者要在短短的十几秒内抓住受众的心,完成劝服,获取认同,促使消费行为发生。静态广告的制作者任务则更为艰巨。尽管如今的广告制作者们经常采用轰炸式宣传来降低任务难度,但我们应知道这是一个投机取巧的行为。一个好的广告不在于播出的量,而在于本身的质,即它有没有高质量地完成获取认同的任务。认同程度越高,产生消费行为的可能性就越高,并在很大程度上减少了轰炸式宣传带来的商业成本。这样的广告,才是一支优秀的广告。

在下文中,笔者将选取一些优秀的唇膏广告作为范例,来透视优秀的广告是利用何种认同来完成劝服、促成消费行为的发生的。

3.1 广告中的同情认同

获取同情认同是广告制造商最常使用的手段。在这里,同情不是我们生活中理解的对他人产生的怜惜之情,而是指"同样的感情",有共鸣的意思。在广告中,广告制作者会通过表现他们对受众情感状态的关切等手段来获得认同。也就是说,广告制作者会通过广告告诉受众,在某一个问题上,他们有着一样的观点,他们彼此理解,立场一致。这就是获取同情认同。

下面我们以 2014 年美国美妆品牌 Tom Ford 旗下 lips and boys 系列的唇膏广告为例,分析这则优秀的广告是如何获得受众的同情认同的。

图 1 为该视频广告的截图。图中,有着不同唇色的女性正在与不同肤色、风格、年龄的男性亲吻。它的广告语是"Try more types(尝试更多的类型吧)"。从图片与文本中我们可以看出,这则广告肯定了此品牌受众的三种心态:(1)希望通过化妆变得更加吸引人;(2)在唇膏颜色的选择上希望尝试不同的风格;(3)希望尝试不同的类型后选择最适合自己的伴侣。该广告通过不同唇色的女性亲吻各样男性的行为,展示出对于女性的这些期望的肯定和鼓励。广告语"Try more types(尝试更多的类型吧)"中的"类型"更是一语双关,既指尝试该品牌不同颜色唇膏带来的不同妆容风格,也指女性应解放自我,去尝试与不同类型的人交流,选择更适合自己的伴侣。

图 1　TF 唇膏广告

这则广告一经播出，其展现出的性感、大胆、前卫的使用概念就获得了女性消费者的认同和追捧。微博上的女性用户纷纷表示，看了这则广告后"十分想买来用一下，吸引自己的男朋友""想用一下与以往不同的色号，也许是开展新恋情的时候了"。这样的言论显示出广告所使用的同情认同获得了极大的成功。

3.2 广告中的对立认同

在广告中，获得对立认同的方式主要是提出些消费者所碰到的问题，或来自社会、工作、生活中的挑战，并予以解决。这与有些学者分析的广告"提出问题—解决问题"模式相一致。在这种模式中，广告制作者首先会向受众提出一个他们可能会碰到的问题，紧接着提出解决的方案。受众在这种模式下会觉得该产品能够分担自己的忧虑，帮助自己解决问题，从而产生认同。

例如在一般的口红广告中，我们会看到广告制作人着重展示口红不同的颜色和涂抹效果，但在理肤泉、欧缇丽等敏感肌常用的护肤品牌的广告中，我们看到的更多是强调唇膏的天然性和滋润性。欧缇丽是法国的一个以葡萄成分为主打的护肤品牌，在其广告中，我们仅能看到一支以葡萄为后景的无色唇膏（见图 2）。这个广告于无形中向消费者提供了一种解决敏感肌人群涂抹唇膏问题的方案，表示自己将与受众结为联盟，共同对抗肌肤敏感问题，使受众产生了认同。

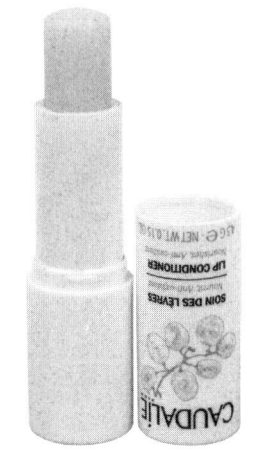

图 2 欧缇丽唇膏广告

3.3 广告中的误同

获取误同是一种比较高级的获取认同的方式，常见于一些概念表达型产品广告，或用明星代言的产品广告。在这种广告中，受众会将自己的形象投射在广告上，产生"如果使用此类产品，则可获得相似的体验、成为相似的人"这种误解。对于有些用具有社会影响力的名人作为代言人的广告，受众还会在无意识中产生信任，如"某某名人非常有社会公信力，那么他所代言的商品的效果肯定是真实的"，继而影响到他们的消费行为。

如 Dior 唇膏让著名女影星詹妮弗·劳伦斯为其代言。詹妮弗·劳伦斯为好莱坞"2 000 万片酬俱乐部"的成员之一，在 2015 年曾因手机被盗而陷入"艳照"事件。詹妮弗在事发之后强烈谴责盗窃其手机中个人信息的人，并向公众声明自己无意做不好示范，但作为成年女性她有选择私生活的自由。其言论受到媒体与公众的支持，詹妮弗的形象未受损反而愈发正面。在 Dior 的唇膏广告中，詹妮弗展现了端庄中带着些许叛逆与刚毅的形象。Dior 十分大胆地请她为自己的品牌代言，这一决策本身就与 Dior 一直以来不羁、独立、特立独行的品牌气质吻合。

在这则广告中，我们可以看出，误同是一种非常高级的取得受众认同的方式。这种方式需要较强的社会文化语境，在这种语境中，品牌商与受众通过广告达到价值观上的一致。受众认同品牌商通过广告传递出的价值取向，误将其投射在产品上，产生"使用该产品，就可成为广告中的形象"的想法。在詹妮弗事件的背景语境下，Dior 力排众议让她做代言人，使购买者将自己的处境投射在她身上，进而产生认同。

结　语

广告是一个复杂的艺术体。它不仅是商业的产物，也是一种社会和文化的产物。当我们去透视广告时，其实我们在透视一个社会的文化和大众心理。

笔者认为，研究应当服务于实践。作为语言工作者，我们对广告的欣赏应该跳脱字斟句酌地赏析其文本的语句、韵律，进入一个更高的层次，去感受广告艺术中传递出的文化内涵、价值精神和艺术技巧。这样的研究成果更能服务于与广告相关的每一个人的工作，如广告制作人员在制作广告的过程中将得到丰富的理论指导,广告的受众则具备了一些戳破虚假广告的障眼法的本领,能够在光怪陆离的广告世界中,区分出哪些是欺骗性广告,哪些符合自己真正的需求。这也是我们研究广告中的修辞学的意义所在。

参考文献

HERRICK J A.The history and theory of rhetoric［M］.London：Pearson Education Inc.,2005.

陈莉红.肯尼斯·伯克"认同说"视角下的广告语篇分析［J］.韶关学院学报,2009(1).

黄超凡.从肯尼斯·博克的认同说解读广告［J］.文学界(理论版),2011(09).

伯克,等.当代西方修辞学:演讲与话语批评［M］.常昌富,等译.北京:中国社会科学出版社,1998.

亚里士多德.修辞学［M］.罗念生,译.北京:生活·读书·新知三联书店.1991.

姚先锋,沈李丽.肯尼斯·伯克认同说与广告文本分析［J］.甘肃联合大学学报(社会科学版),2009(3).